当名著遇见科学

下篇

绿野仙踪

[美] 莱曼·弗兰克·鲍姆 著
[英] 凯蒂·迪克尔 改编
王晋 译

电子工业出版社
Publishing House of Electronics Industry
北京·BEIJING

Published in 2022 by Welbeck Children's Books
An imprint of Welbeck Children's Limited, part of Welbeck Publishing Group
Based in London and Sydney
www.welbeckpublishing.com

Text, Illustration & Design © Welbeck Children's Limited, part of Welbeck Publishing Group.

本书中文简体版专有出版权授予电子工业出版社。未经许可，不得以任何方式复制或抄袭本书的任何部分。
版权贸易合同登记号　图字：01-2022-7104

图书在版编目（CIP）数据

绿野仙踪：上下篇 /（美）莱曼·弗兰克·鲍姆著；（英）凯蒂·迪克尔改编；王晋译 . —北京：电子工业出版社，2023.5
（当名著遇见科学）
书名原文：STEAM TALES
ISBN 978-7-121-44975-8

Ⅰ．①绿… Ⅱ．①莱… ②凯… ③王… Ⅲ．①童话－美国－近代 Ⅳ．①I712.88

中国国家版本馆 CIP 数据核字（2023）第 040470 号

审图号：GS 京（2022）1401 号
本书插图系原文插图。

"企鹅"及其相关标识是企鹅兰登已经注册或尚未注册的商标。
未经允许，不得擅用。
封底凡无企鹅防伪标识者均属未经授权之非法版本。

责任编辑：郭景瑶
文字编辑：刘　晓
印　　刷：北京利丰雅高长城印刷有限公司
装　　订：北京利丰雅高长城印刷有限公司
出版发行：电子工业出版社
　　　　　北京市海淀区万寿路 173 信箱　邮编：100036
开　　本：787×980　1/16　印张：41　字数：524.8 千字
版　　次：2023 年 5 月第 1 版
印　　次：2023 年 5 月第 1 次印刷
定　　价：239.00 元（全 8 册）

凡所购买电子工业出版社图书有缺损问题，请向购买书店调换。若书店售缺，请与本社发行部联系，联系及邮购电话：（010）88254888，88258888。
质量投诉请发邮件至 zlts@phei.com.cn，盗版侵权举报请发邮件至 dbqq@phei.com.cn。
本书咨询联系方式：（010）88254210，influence@phei.com.cn，微信号：yingxianglibook。

目 录
contents

第六章 寻找邪恶的女巫

- 🔍 自然导航 / 008
- 🔍 声速 / 011
- 📦 制作哨子 / 016
- 📦 计算概率 / 018

第七章 营救

- 🔍 熔点 / 023
- 🔍 迁徙 / 026
- 📦 体验向心力 / 030
- 📦 制作金帽子 / 032

第八章 发现奥兹的秘密

- 🔍 口技 / 038
- 🔍 气流 / 040
- 📦 创作皮影戏 / 044
- 📦 做一条会旋转的蛇 / 046

第九章 沙漠之旅

- 🔍 空气密度 / 051
- 🔍 高岭土 / 056
- 📦 制作热气球 / 058
- 📦 制作陶罐 / 060

第十章 格林达满足了多萝西的愿望

- 🔍 蜘蛛丝的强度 / 065
- 🔍 数字"三" / 068
- 📦 搭建金字塔 / 076
- 📦 制作会飞的猴子 / 078

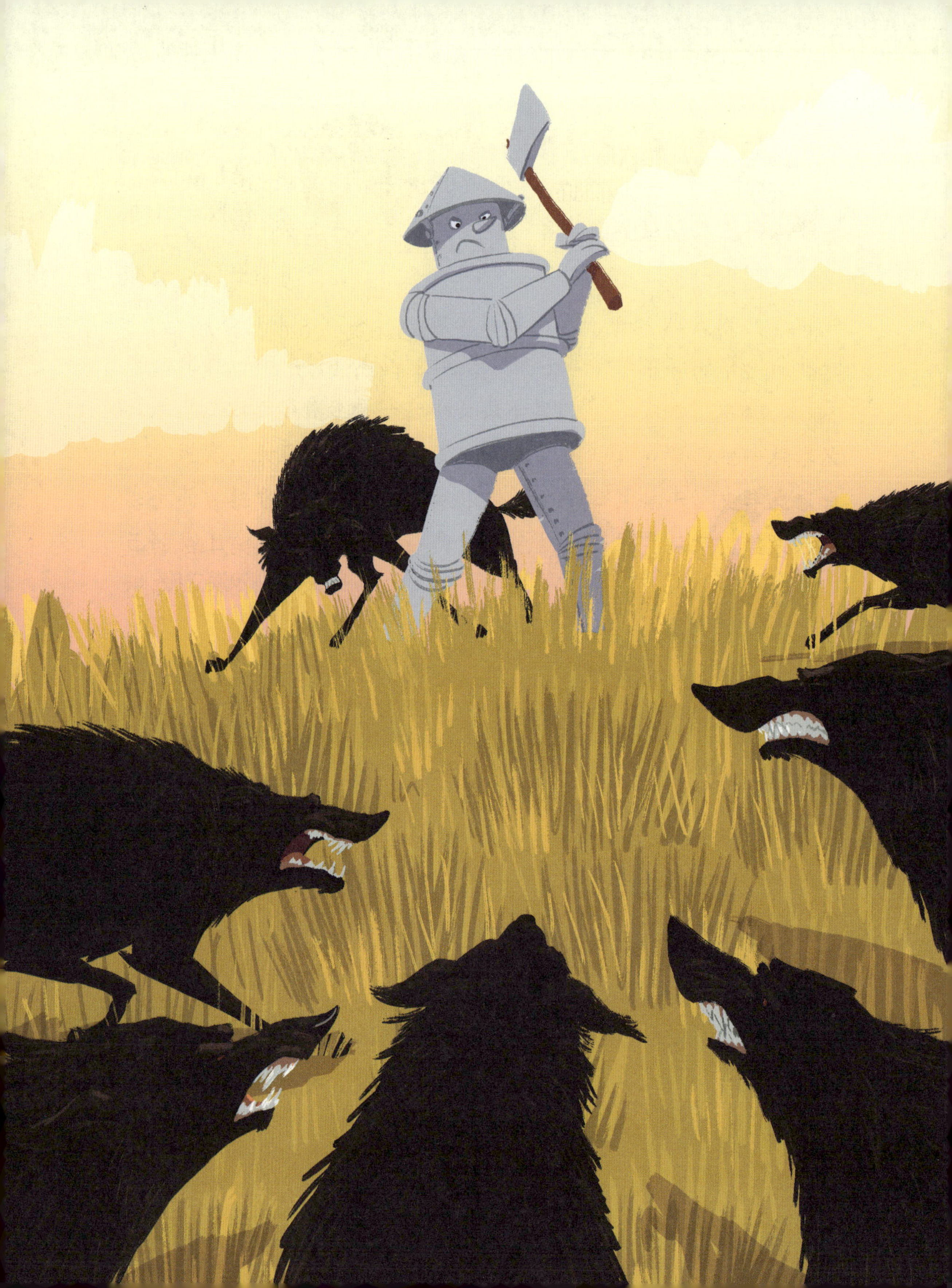

第六章　寻找邪恶的女巫

"我们现在该怎么办呢？"多萝西难过地说。

"我们只有一个办法，"狮子说，"那就是去温基人的地盘，找到邪恶的西方女巫，并消灭她。"

"我想我们必须试一试，"多萝西说，"否则我们的愿望就没法实现了。但我不想杀任何人，就算是为了再见到艾姆婶婶。"其他人也都同意和她一起去找邪恶的西方女巫。

第二天早上他们醒来时，士兵带他们去见守门人，守门人打开眼镜后面的锁，又为他们打开了大门。

"去找邪恶的西方女巫，应该走哪条路呢？"多萝西问。

"根本没有路，"守门人回答，"从来没有人想去那儿。"

"那我们怎么才能找到她呢？"多萝西说。

"很简单，"守门人回答，"你们只要去温基人的国家就行。她知道你们到了那里，就会找到你们，想方设法把你们变成她的奴隶。你们可要小心啊！如果你们想找到并消灭她，就要一直往西走，朝着太阳落山的方向走。"

多萝西一行人开始向西走去，他们走过了柔软的草地。多萝西还穿着王宫里的那条绿裙子，但令她惊讶的是，裙子的颜色已经变成了纯白色，托托脖子上绿丝带的颜色也变成了纯白色。

知识园地

自然导航

为了找到邪恶的西方女巫，多萝西要一直朝着日落的方向前进。然而，她迷失了方向，因为太阳在天空中是不断移动的。

太阳从东方升起，从西方落下，这一过程平均需要12个小时。如果你每隔10分钟检查一下自己的方位，就可以利用太阳判定方向，从而做出改变。面对你想要前进的方向，把手臂伸向太阳。让太阳始终在你的这个方向上，一直走下去。每10分钟重复一次，这样你就可以保持自己和太阳的相对位置不变。如果太阳在你的身后，那么伸出手臂，让它与你的影子在一条线上。

没过多久，地面变得愈发崎岖不平，没有树木可以遮挡阳光。多萝西、托托和狮子累了，躺下睡着了，铁皮人和稻草人在一旁守候着。

邪恶的西方女巫只有一只眼睛，但这只眼睛十分厉害，像望远镜一样，可以看到任何地方。她坐在自己的黄色城堡门口，看到多萝西和她的朋友们正在睡觉。女巫发现他们来到了自己的地盘，心里很生气，于是吹响了挂在脖子上的银哨子。

顿时，一群狼从四面八方向她跑来。"找到那些入侵者，"女巫说，"把他们撕成碎片。"

"你不打算把他们变成你的奴隶吗？"狼群的首领问道。

"不，"女巫回答，"他们一个是铁做的，一个是稻草做的，一个是小女孩，一个是狮子。他们都不适合干活，所以你大可把他们撕得粉碎。"

幸好，稻草人和铁皮人一直都是醒着的，他们听到了狼群的声音。"让我来吧，"铁皮人说，"你到我身后去。"他拿起斧头，在狼群的首领靠近时杀死了它，然后又杀死了后面的三十九只狼。

吸引注意力

邪恶的西方女巫吹响了银哨子来召唤她的奴隶，尖锐的哨音传得很远。

你能做一个哨子来吸引别人的注意吗？把书翻到第94页，看看你能让哨子发出多大的声音。

第二天早上，多萝西醒来的时候，看到一大堆狼的尸体，吓坏了。铁皮人讲述了事情的经过。多萝西感谢他救了大家，接着他们继续赶路。

与此同时，邪恶的西方女巫看到所有的狼都死了，而那几个陌生人却还活着。她比以前更生气了，这次她拿起银哨子吹了两下。一大群乌鸦向她飞来，因为乌鸦的数量太多，天空都变暗了。

"马上飞到那些陌生人那里，啄瞎他们的眼睛，把他们撕成碎片。"她对乌鸦的首领说。

多萝西十分害怕乌鸦，但稻草人说："让我来吧，躺在我的旁边。"稻草人伸出胳膊，把乌鸦吓跑了。不过，乌鸦首领说："它就是个稻草人，让我把它的

什么是概率？

邪恶的西方女巫有40只狼和40只乌鸦帮她干坏事。好在铁皮人和稻草人设法把它们全都打败了。

你能预测一下它们被派出来的概率吗？把书翻到第96页，自己验证一些概率理论吧。

声速

邪恶的西方女巫用哨子把奴隶们从很远的地方召唤过来。

当粒子振动并相互碰撞时,声音就会传播开来。由于真空中没有可振动的粒子,所以声音不会在真空中传播。在标准大气压条件下,声音的速度大约为340米/秒,也就是约1224千米/时。

声音在水中的传播速度是在空气中传播速度的4倍多,这是因为水分子更密集,所以声波能够更快地通过它们。

有些动物,如狗和狼,可以听到人无法听到的声音。

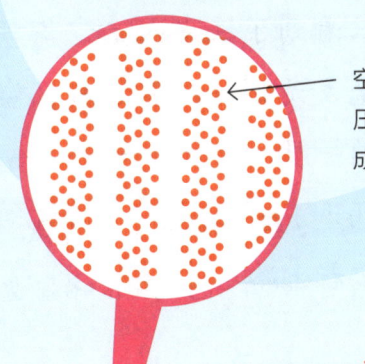

空气中的粒子被压缩和拉伸,形成声波

340米/秒

眼睛啄出来。"它飞向稻草人,稻草人用力一击,把它杀死了。接下来,他又杀死了后面的三十九只乌鸦。

当邪恶的西方女巫看到所有乌鸦的尸体堆成一堆时,她怒不可遏。她拿起银哨子吹了三次,立刻传来一阵嗡嗡声,一群黑蜜蜂向她飞来。"去找那些陌生人,把他们蜇死!"女巫命令道。

铁皮人大老远就看到了飞来的蜜蜂,稻草人及时想到了对策。"把我身上的稻草掏出来,盖在多萝西、托托和狮子身上,"他说,"这样蜜蜂就蜇不到他们了。"当蜜蜂飞来的时候,蜜蜂只看到了铁皮人。它们朝铁皮人蜇去,结果刺都断了,铁皮人却毫发无伤。没有了刺,蜜蜂很快就都死了,落在地上,堆了厚厚的一层。

多萝西和狮子站起来,和铁皮人一起把稻草放回稻草人体内,然后重新上路了。

邪恶的西方女巫看到那堆死去的蜜蜂，简直要气疯了。她又跺脚，又扯头发。她叫来十几个奴隶——他们都是温基人，让他们拿着锋利的长矛去消灭那几个陌生人。

温基人并不勇敢，但他们不得不听从女巫的命令。当他们靠近多萝西和她的朋友时，狮子发出一声巨大的吼叫声，向他们冲过去，温基人吓得四处逃窜。

当温基人逃回城堡时，女巫狠狠地打了他们一顿，然后让他们回去接着干活。她不明白为什么自己的这些计划都失败了，但她很快就决定了下一步要怎么做。

女巫的柜子里有一个拥有魔法的金帽子。拥有这顶帽子的人可以召唤三次会飞的猴子，不管给它们下达什么命令，它们都得遵从。女巫已经用过两次这顶帽子了，一次是让温基人变成她的奴隶，一次是赶走奥兹，现在她就只剩最后一次机会了。

邪恶的西方女巫把金帽子戴在头上，只用左脚站立，慢慢念道："哎—佩，派—佩，卡—凯！"

接着,她换了只脚站着念道:"嘿——罗,嚯——罗,嗨——罗!"

接着,她双脚站立,大声喊道:"兹——基,祖——基,兹克!"

天空昏暗下来,可以听到很多翅膀扇动的声音,也有很多个声音在说笑。当太阳再次露脸时,邪恶的西方女巫身边围了一群猴子。每只猴子的肩膀上都有一对巨大而又有力的翅膀。"这是你最后一次召唤我们了,"飞猴首领说,"你有什么吩咐?"

"去找那几个来到我地盘上的陌生人,把他们全都消灭掉,除了狮子,"邪恶的女巫说,"把那头野兽带到我这里来,我要给它套上挽具,让它干活。"随着一阵叽叽喳喳的吵闹声,会飞的猴子飞走了。

几只猴子抓住铁皮人,凌空飞起,找到一处怪石嶙峋的地方,把他扔了下去。铁皮人从很高的地方掉下去,被摔得身上坑坑洼洼的,几乎散了架,动弹不得,连呻吟声都发不出来了。

还有几只猴子抓住稻草人,把他身体和脑袋里的稻草全掏了出来,然后把他的衣服扔到一棵高高的大树上。其余的猴子在狮子身上套了一根绳子,把它紧紧捆住。他们带着狮子飞到女巫的城堡里,把它关在一个小院子里,院子四周围着高高的铁栏杆。

然而,猴子们并没有伤害多萝西。当时,她抱着托托站在那里,目睹了朋友们的命运,她知道下一个就轮到自己了。可飞猴首领在看到她额头上的印记时,示意其他猴子不要动她。

"我们可不敢伤害这个女孩,"它说,"因为她受善良力量的保护,那比邪恶力量更加强大。我们能做的就是把她带回城堡,把她留在那儿。"

猴子们小心翼翼地把多萝西放在了城堡门前的台阶上。"我们已经尽可能地服从了你的命令,"飞猴首领向女巫解释说,"但我们不敢伤害这个小女孩,也不敢伤害她的狗。现在你对我们的权力已经用完了,你再也不会看到我们了。"说完,会飞的猴子都飞走不见了。

邪恶的西方女巫看到多萝西额头上的印记时很担心,那双银鞋子更是让她害怕得浑身发抖。可当她看着多萝西的眼睛时,她发现,这个小女孩并不知道她所拥有的力量。她心里暗笑:"我还是可以让她成为我的奴隶的。"

"跟我来,"她恶狠狠地对多萝西说,"照我说的做,不然,我会毁掉你,就像铁皮人和稻草人一样。"

动手做一做

制作哨子

邪恶的西方女巫用银哨子来召唤她的奴隶。你不妨也动手做一个哨子来吸引别人的注意力吧!

准备材料
- 厚铝片
- 剪刀
- 记号笔
- 铅笔

1 从铝片上剪下一段宽3厘米、长10厘米的长方形。

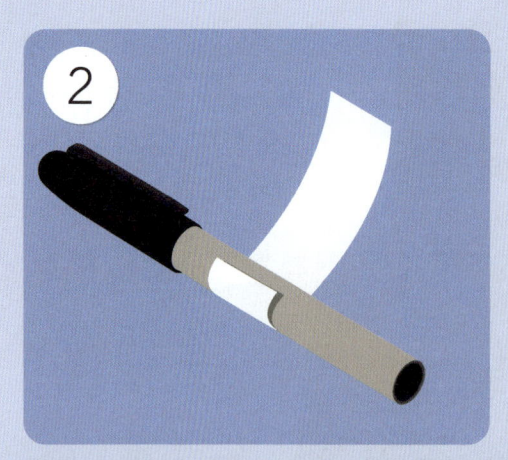

2 将剪下的铝片缠绕在记号笔上,缠大约一半的长度,形成一个弧度。

3 如图所示,将哨子平整的一端轻轻折一下。

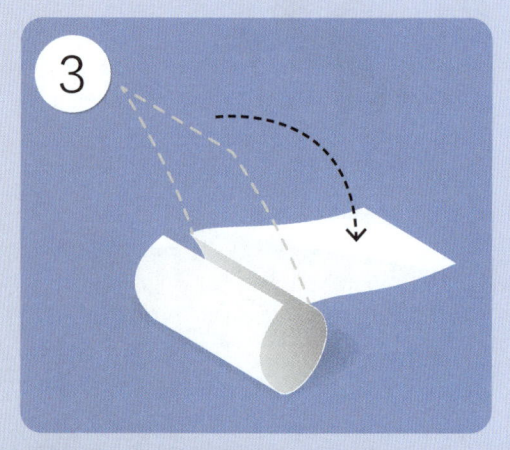

工程

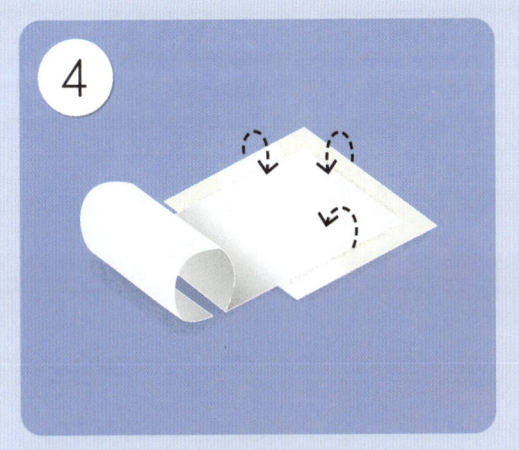

4

再剪一小块铝片，比哨子平整的一端稍大一些。如图所示，用其包住哨子的一端。

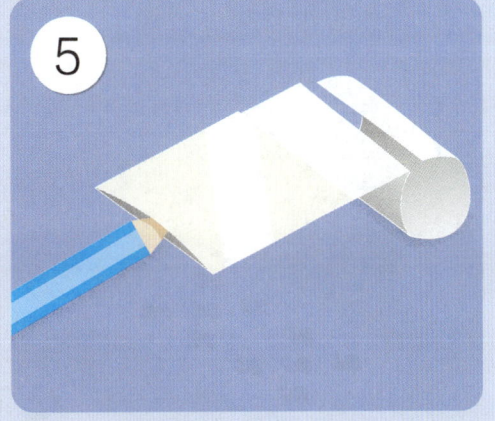

5

用铅笔在两个铝片之间撑开一个小口。

6

对着这个小口轻轻地吹，使其发出声音。

原理

当空气被迫通过一个小口时，哨子会发出尖细的声音。空气从哨子口进入，从另一端逸出。哨子经常用来吸引注意力，比如在体育比赛中，或是把狗狗叫回来的时候。长哨子发出的声音音调较低，短哨子发出的声音音调较高。有些哨子里面有一个小球，会产生颤音。

动手做一做

计算概率

邪恶的西方女巫召唤了40只狼和40只乌鸦来攻击出现在她地盘上的陌生人,但是铁皮人和稻草人设法打败了它们。试试下面这些数学题,看看你能不能算出来。

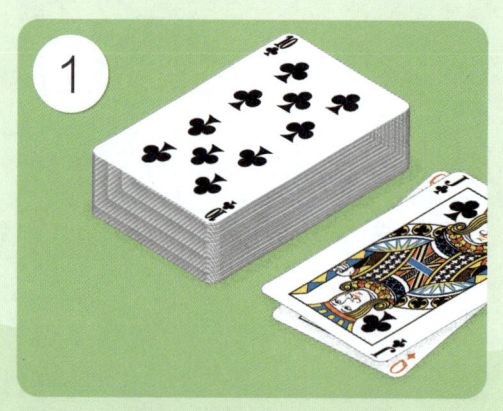

准备材料
- 一副扑克牌
- 钢笔或铅笔
- 记事本

1 从扑克牌中将带人的牌挑出去(包括J、Q、K和大小王),剩下40张。

2 请朋友选一张牌,他们选中红色牌的概率是多少?倒牌,洗牌,重复5次。

3 画一张统计图,记录你的预测和实际结果。

数学

4 他们选的牌是5的倍数的概率是多少（A代表1）？倒牌，洗牌，重复5次。

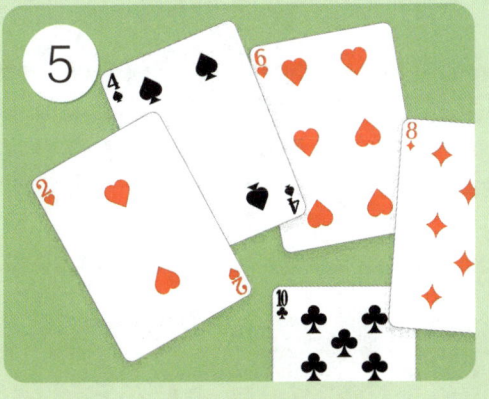

5 他们选的牌是2的倍数的概率是多少？这次你有什么发现？

6 看看你的记录，你预测的概率与实际结果相差多远？如果你多重复几次，会发生什么变化？

原理

当你手中有40张牌时，理论上，选到红色牌的概率是20/40（或1/2）。这是因为一半的牌是红色的。选中5的倍数的概率是8/40（或1/5），因为4种花色中各有一个5和一个10。选中2的倍数的概率是20/40（或1/2），因为4种花色中各有一张2、4、6、8和10。你会发现，抽到红色牌的概率和抽到2的倍数的概率相等。你重复实验的次数越多，实际结果就越接近理论上的概率。

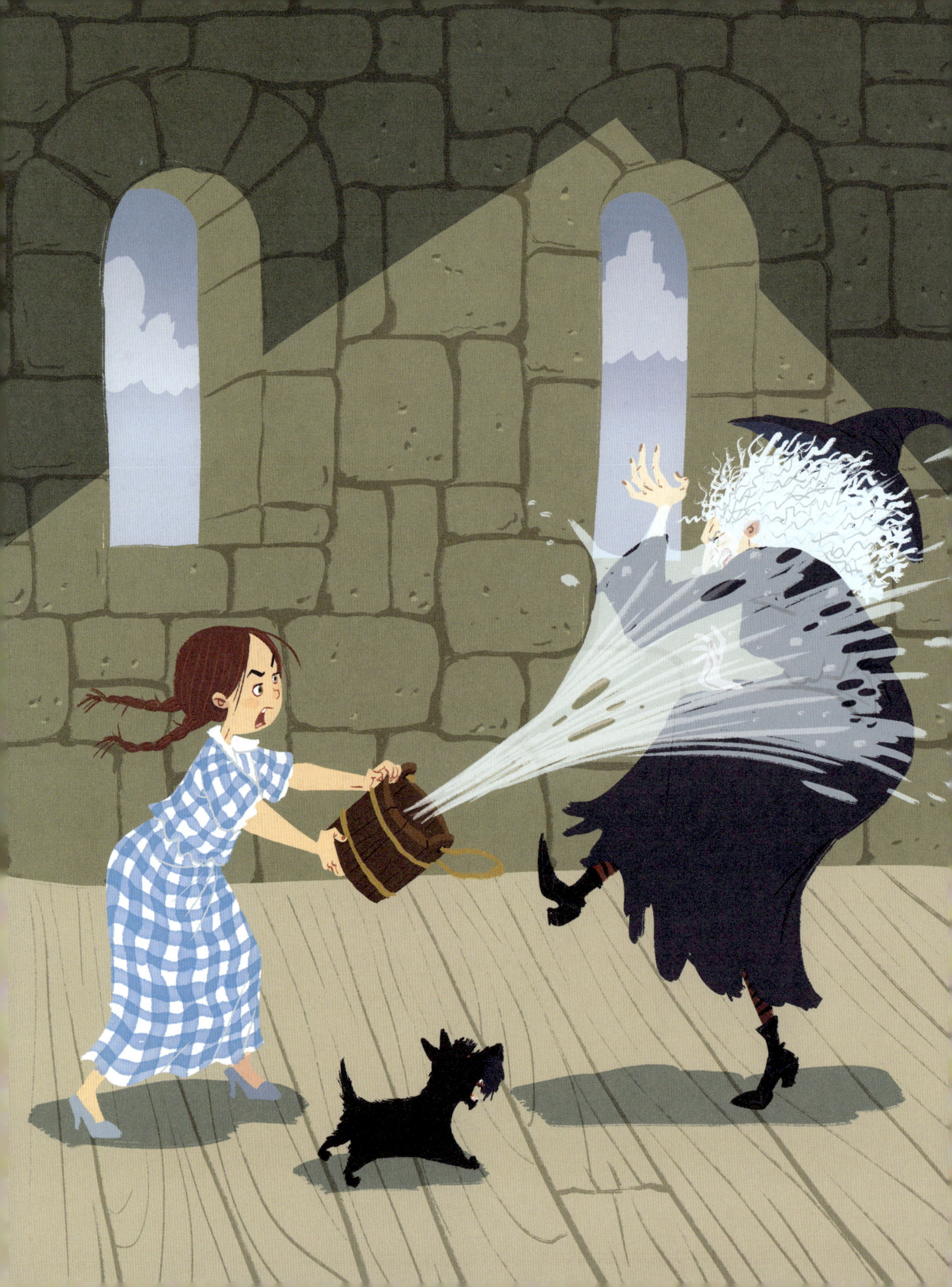

第七章 营　　救

女巫把多萝西带到厨房，让她打扫卫生，照看炉火。多萝西非常卖力地干活，因为她很高兴自己的小命保住了。

女巫去给狮子套挽具，可狮子朝她大吼一声，猛地向她扑来。女巫很害怕，她说："如果我不能给你套上挽具，我就把你饿死。"但她的计划并没有得逞，每天晚上，多萝西都会偷偷地给狮子送吃的，他们一起躺在稻草上，商量着如何逃跑。

因为多萝西额头上的印记，女巫不敢打她。多萝西当然不知道这个秘密，所以她成天提心吊胆。邪恶的女巫十分渴望得到多萝西的银鞋子。她的蜜蜂、乌鸦和狼都死了，她还用完了金帽子的权力，但如果她能得到银鞋子，她就会得到前所未有的力量。不过，多萝西只会在晚上和洗澡的时候脱掉鞋子。女巫特别怕黑，所以不敢晚上去偷鞋子，而且她还特别害怕水。事实上，女巫从来不让自己碰到一点水。

不过，女巫想出了一个狡猾的计划。她在厨房的地上放了一根铁棒，施魔法把它变成了隐形的。当多萝西被铁棒绊倒时，她的一只银鞋子掉了，女巫马上把它抢走了。

女巫很高兴，有了一只银鞋子，就拥有了鞋子一半的魔法，而多萝西也没法用银鞋子对付她了。"你真是坏透了！"多萝西喊道，"你没有权利拿走我的鞋。"她非常生气，拿起一桶水泼向女巫，把她从头到脚都浇湿了。

女巫立刻发出一声惊恐的尖叫，多萝西吃惊地发现女巫越变越小，慢慢溶化了。

"看看你干了什么！"女巫哀号着，"再过几分钟，我就会完全化掉，而你将拥有这座城堡。我一辈子干尽了坏事，没想到最后竟然毁在了你这样一个小女孩手里！"

说完，女巫化成了一摊没有形状的东西。多萝西把一桶水泼在上面，把它打扫干净。她把银鞋子洗干净，晾干，又穿在了自己的脚上。接着，她跑去告诉狮子他们自由了。同时，温基人也很高兴自己可以不再受奴役了。

旋转

多萝西把一桶水泼到邪恶的西方女巫身上。因为重力的作用，水往下流，女巫从头到脚都湿了。

你能拎一桶水旋转而不被淋湿吗？把书翻到第108页，看看怎么做吧。

知识园地

熔点

邪恶的西方女巫遇水之后不断缩小、溶化了。固体被加热到一定温度时，也会变为液体。这一过程被称为"熔化"。物质的熔点是指它从固体变为液体的温度。不同物质的熔点不同。

科学家已经知道了不同物质的熔点。物质有晶体和非晶体两种，晶体有固定的熔点，而非晶体没有固定的熔点。水的熔点是0℃，而巧克力的熔点约为50℃，蜡的熔点约为70℃。

熔点在日常生活中很有用。例如，金属和塑料熔化后可以被塑造成不同的形状，然后再冷却重新成为固体。

熔化还可以分离熔点不同的物质。例如，铁可以从铁矿石（铁和其他矿物的混合物）中分离出来，方法是将铁矿石加热到约1538℃，这时铁会熔化，流到收集装置中。

水　　巧克力　　蜡

"如果稻草人和铁皮人与我们在一起就好了，"狮子说，"那样我会觉得很开心。"

他们把温基人叫到一起，温基人说他们很乐意去救他们的朋友。他们来到铁皮人被丢下的地方。铁皮人被摔得坑坑洼洼的，几乎散了架。他的斧头躺在旁边，但斧刃已经生锈，斧柄也裂成了两半。

温基人小心翼翼地把铁皮人抬回了城堡。其中有些人是铁匠，他们又敲打，又焊接，直到把铁皮人打造得和原来一模一样，还把他的斧头修好了。

多萝西把事情的经过一一讲给了铁皮人。"要是稻草人和我们在一起就好了，"铁皮人说，"那样我会觉得很开心。"

多萝西又叫温基人来帮忙。他们来到了那棵挂着稻草人衣服的大树下。这棵树很难爬，不过，铁皮人把它砍倒了。温基人把衣服带回了城堡，他们用干净的稻草塞满了衣服，看哪！稻草人又回来了，和原来一模一样。他一遍遍地感谢温基人救了他。

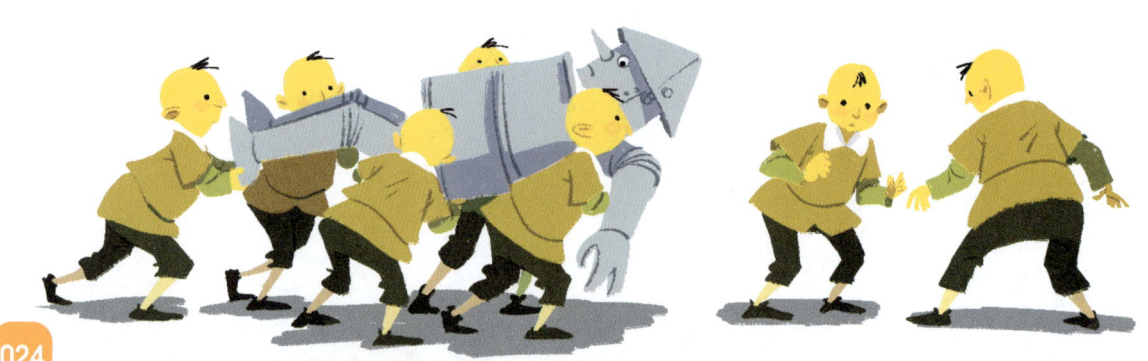

大家团聚之后，在城堡里过了几天快活的日子，便出发回绿宝石城了。多萝西打算从西方女巫的柜子里拿些吃的，放在篮子里。结果，她发现了那顶金帽子，她戴了一下，大小刚合适。她不知道这顶帽子是有魔法的，只是觉得戴上它很好看。

温基人很舍不得他们离开。他们非常喜欢铁皮人，恳求他留下来统治他们和这西方之国。不过，他们还是决意离开。于是，温基人送了他们很多礼物。多萝西和她的朋友们表达了谢意，和他们挥手告别。

这里和绿宝石城之间并没有路，要回到绿宝石城就更难了。他们只知道必须向东走，朝着太阳升起的方向。可中午的时候，太阳在头顶上，他们不知道哪边是东，哪边是西，很快便在漫无边际的田野中迷路了。

一天天过去了，他们除了眼前深红色的田野，什么也没有见到。"要是到不了绿宝石城，"稻草人抱怨说，"我就永远也得不到脑了。"他们所有人都觉得很泄气。

"也许我们应该把田鼠叫来？"多萝西建议道。她吹响了脖子上田鼠女王送给她的小哨子。没过几分钟，他们就听到了一阵轻快的脚步声传来。"我能为你们做些什么，我的朋友？"田鼠女王问。

知识园地

迁徙

多萝西和她的朋友们向东走去，朝向太阳升起的方向前进。每年，许多鸟类也会飞很远的距离，迁徙到天气有利、食物丰富的地方。

科学家并不完全清楚鸟类是怎么找到路的。有些鸟可能会识别地标，但有些理论认为，鸟会利用太阳或星星的位置。研究人员在一些鸟的眼睛里发现了特殊的细胞，这种细胞可能会帮助它们"看到"地球的磁场。他们还在鸟喙上发现了微小的磁铁粒子，也许这就是它们的内置"GPS系统"吧。

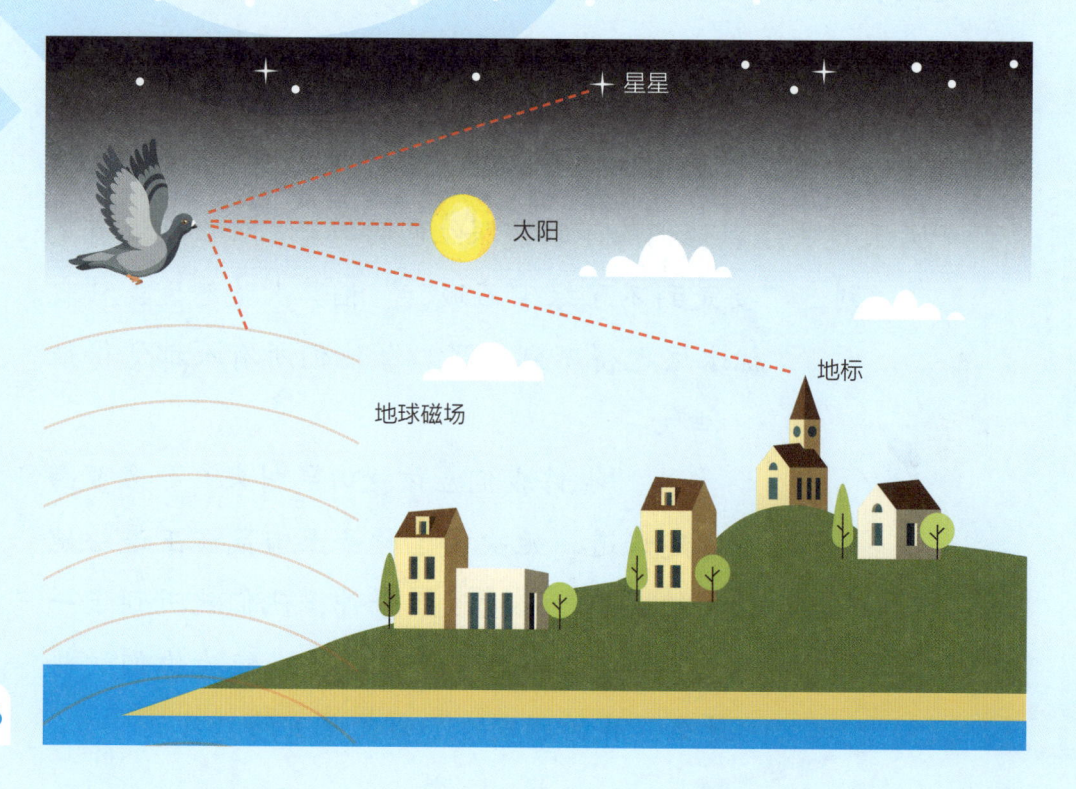

"你能告诉我们去绿宝石城的路怎么走吗?"多萝西问。

"当然啦,"田鼠女王说,"和你们走的方向正好相反。"田鼠女王注意到了那顶金帽子。"你为什么不用这顶帽子召唤会飞的猴子呢?它们会把你们带到绿宝石城。"

"我不知道怎么用它。"多萝西吃惊地说。

"咒语就写在帽子里面,"田鼠女王解释说,"但你要召唤会飞的猴子,我们就必须走了。再见!"说完,它一溜烟地离开了,其他田鼠也急忙跟着它跑了。

多萝西翻看帽子的里面,发现了一行字。

她左脚站立,慢慢念道:"哎—佩,派—佩,卡—凯!"

接着,她换了只脚站着念道:"嘿—罗,嚯—罗,嗨—罗!"

随后,她双脚站立,大声喊道:"兹—基,祖—基,兹克!"顿时,他们听到了叽叽喳喳和拍打翅膀的声音,会飞的猴子正向他们飞来。

"你有什么吩咐?"飞猴首领问道。

"我们想去绿宝石城。"多萝西回答。

脱帽致敬

多萝西在女巫的柜子里发现了一顶金帽子。它很漂亮,戴在多萝西头上很合适,而且它有强大的魔法!

你能用纸做一顶金帽子吗?把书翻到第110页,看看具体的步骤吧。

她话音刚落,猴子就架着他们的胳膊飞了起来。

稻草人和铁皮人一开始很害怕,因为他们还记得会飞的猴子之前是怎么对待他们的。不过,他们很快就看出对方没有伤害他们的意图。带多萝西飞行的是两只最大的猴子,其中一只是飞猴首领。

"你们为什么必须听从金帽子的咒语?"她问。

"说来话长,"飞猴首领笑着回答,"不过我们既然有很长一段路要走,不妨和你说说。"

"很多年前,奥兹还没有统治这片土地,我们是一个自由的民族,在大森林里快乐地生活着。当时,北方住着一位美丽的公主,名叫盖伊莱特,她是一名厉害的女魔法师。每个人都很爱她,但她却找不到一个可以爱的人,因为男人要么太蠢,要么太丑,根本配不上这么美丽聪明的公主。不过,她后来终于找到了一个名叫奎拉拉的英俊男孩，他的智慧是他那个年纪的人少有的。"

"盖伊莱特决定在奎拉拉长大成人后嫁给他。当时，我的爷爷是飞猴首领，它住在盖伊莱特的宫殿附近。就在婚礼前，我爷爷和其他猴子看到奎拉拉在河边散步。它们开了一个玩笑，把奎拉拉抓起来，扔进了河里。"

"奎拉拉笑着游回了岸边。可是，当盖伊莱特发现奎拉拉的丝绸和天鹅绒衣服变得一团糟时，她很生气。她想把所有猴子都淹死在河里，但奎拉拉为它们求情，于是公主饶了它们。不过，她说猴子必须完成金帽子主人的三个命令，作为送给奎拉拉的结婚礼物。"

"后来怎么样了？"多萝西问。

"奎拉拉是帽子的第一个主人，"飞猴首领回答，"他命令我们远离他的妻子。后来帽子落入了西方女巫的手中，她让我们把温基人变成她的奴隶，并把奥兹赶走。"

就在飞猴首领讲完故事的时候，多萝西看到了绿宝石城那绿色耀眼的城墙。她很惊奇，他们竟然飞得这么快，但她又很高兴旅程结束了。猴子们把多萝西和她的朋友们小心翼翼地放在城门边，然后迅速地飞走了。

"一路飞得真顺利。"多萝西说。

"是啊，一下子就帮我们解决了大麻烦。"狮子回答，"幸好你拿上了这顶神奇的帽子！"

动手做一做

体验向心力

多萝西把一桶水泼到了西方女巫的身上。如果多萝西一圈一圈地快速旋转水桶，水就不会溅得到处都是了！为什么呢？通过下面这个简单的实验找找答案吧。

准备材料
- 带两个把手的桶
- 一根1米长的绳子
- 水

1 将绳子系在桶的两个把手处，形成一个环形的扣。

2 往桶里装上足够的水，别装得太多，以免提不起来。

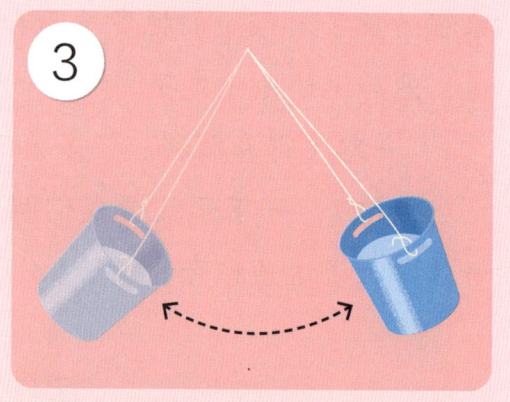

3 站在户外的空地上，将桶左右摆动，先适应一下。

科学

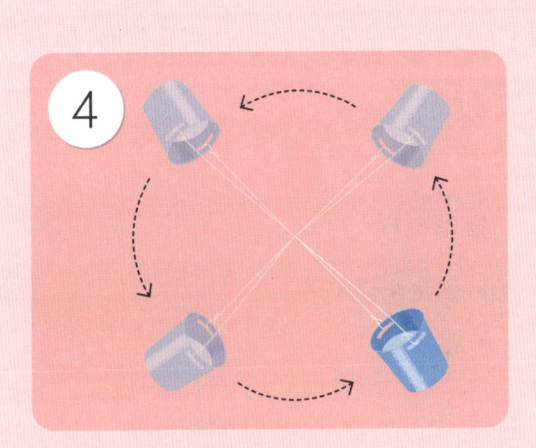

④ 准备好后,将水桶快速旋转一圈。

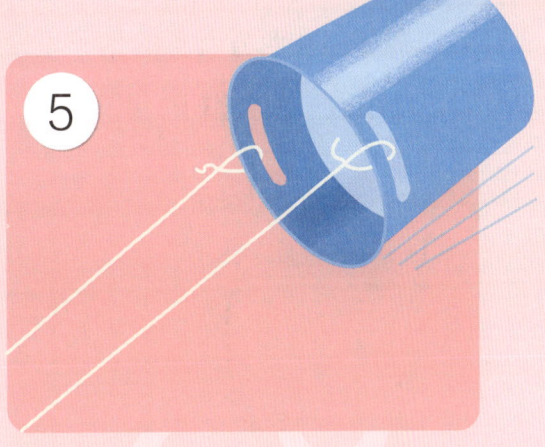

⑤ 重复几次这个动作,你会发现什么情况?

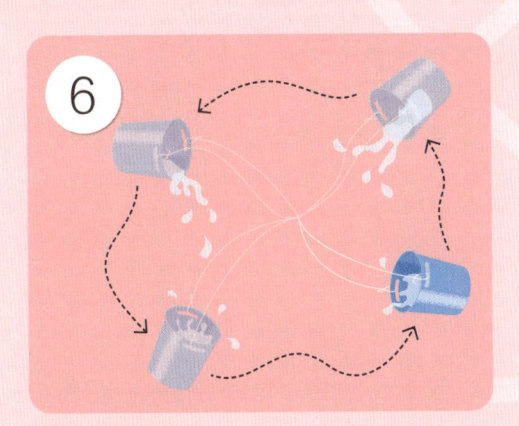

⑥ 如果你放慢速度旋转水桶,你觉得会有什么结果?

原理

物体在没有力的作用下会保持匀速直线运动,这种性质被称为"惯性"。绳子做成的把手拽着水桶,改变它的运动方向。向心力使水桶做圆周运动。如果你松开手,水桶会沿直线飞出去。当水桶转到口朝下的位置时,重力给水一个向下的力,但向心力更强。如果你放慢动作,重力就会变得比向心力更强,你就会被淋湿。

动手做一做

制作金帽子

多萝西在西方女巫的柜子里发现了金帽子,但不知道它还有魔法。自己动手做一顶金帽子,并许下一个愿望吧!

1

如图所示,将金色A4纸纵向对折。

准备材料

- 两张金色A4纸
- 铝箔贴纸

2

再横向对折。

3

打开,只保留第一次的对折,然后将右角向中间的折痕折叠。

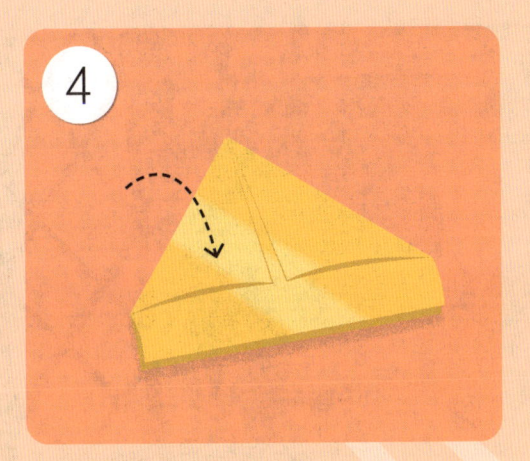

艺术

4 再将左角向中间的折痕折叠。

5 如图所示，将两面的底边分别向上折叠。

6 用铝箔贴纸装饰你的金帽子。用另外一张纸再叠一个帽子，贴上不同的铝箔贴纸！你想许个什么愿望呢？

原理

折纸是一种古老的艺术。虽然一张薄纸很软，很容易损坏，但折叠可以让它更加结实。不用胶水、订书机或胶带，单单通过折纸技术就可以使纸张合在一起。将纸左右对折再向中间对折，这样制作出的帽子很有对称性，没有人想要一顶古怪的帽子！

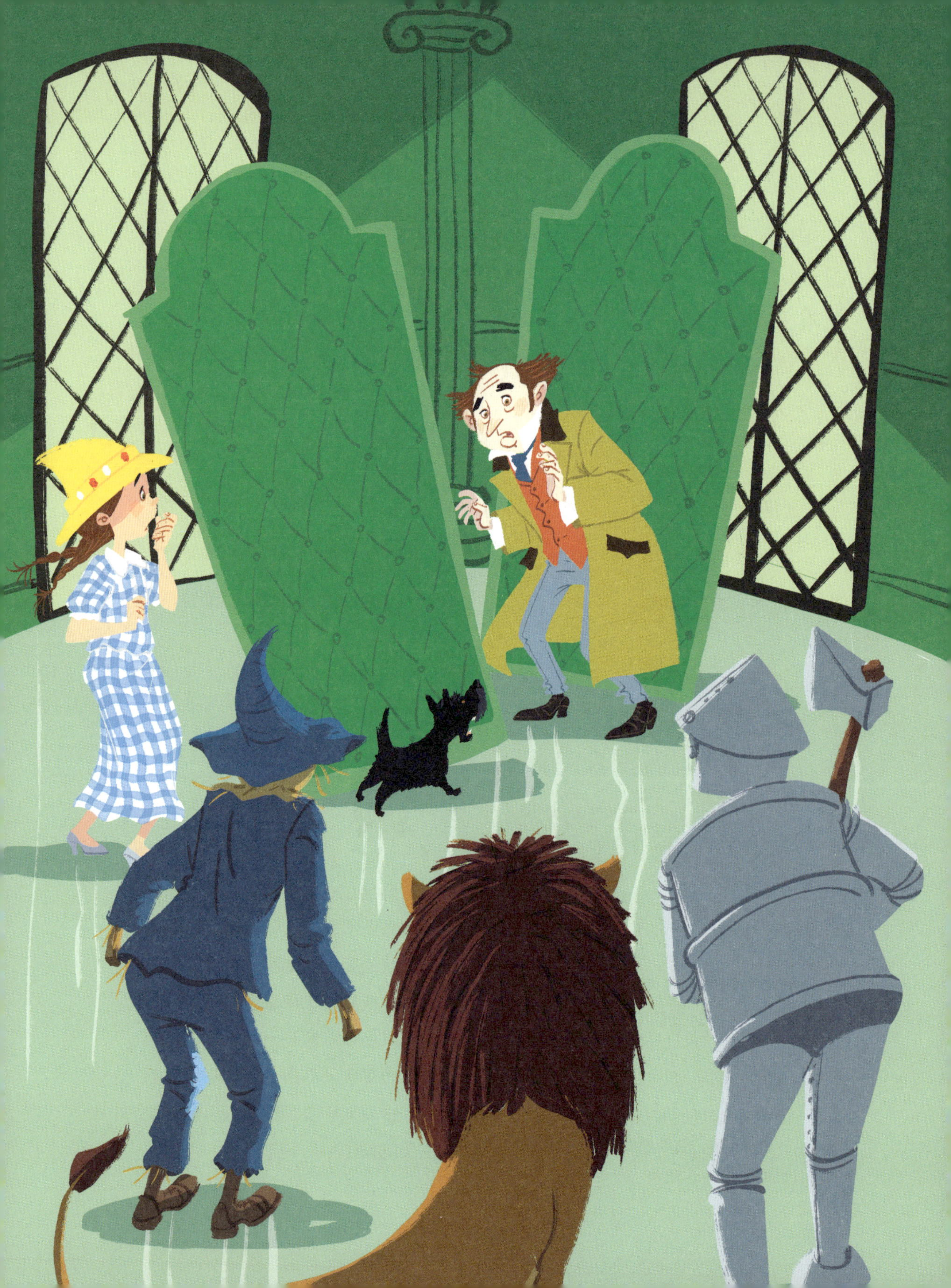

第八章　发现奥兹的秘密

"你们又回来啦？"守门人惊讶地问，"邪恶的西方女巫放你们走了？"

"她不得不放，"稻草人大声说，"多萝西把她化掉了。"

"真了不起！"那人惊叹着给多萝西深深地鞠了一躬。绿宝石城的人听说多萝西的事迹时，都围了上来，跟着他们一起来到了王宫。

士兵马上放他们进去，之前接待他们的那个女孩带他们去了各自的房间，让他们休息，等待奥兹的召见。

他们以为奥兹会马上召见他们，但第二天、第三天、第四天都没有任何口信。最后，稻草人让那个女孩告诉奥兹，如果他不马上接见他们，他们就把会飞的猴子叫来。奥兹非常害怕，派人传信说第二天早上就会召见他们。他可不希望再见到会飞的猴子。

当天晚上，他们怎么也睡不着，心里想着奥兹答应要给他们的礼物。第二天，他们来到正殿时，惊奇地发现里面空无一人。

接着，一个严肃的声音似乎从穹顶上传来："我是奥兹，伟大而可怕的奥兹，你们为什么找我？"

"你在哪儿呢？"多萝西问。

"我无处不在，"那个声音回答，"但在凡人眼中，我是看不见的。现在，我要坐到我的宝座上去，你们可以和我说话。"那声音似乎真的动了起来。

"你答应过我，当邪恶的西方女巫被消灭后，你就把我送回堪萨斯。"多萝西开始说，"我用一桶水把她化掉了。"

"天哪，真令人意外。"那个声音说，"好吧，明天再来找我吧，我需要时间想一想。"

"我们已经给了你足够的时间。"铁皮人愤怒地说。狮子发出怒吼，这声音太过震撼，托托吓得跳了起来，碰翻了角落里的屏风。当屏风轰然倒下时，他们看到了一个秃脑袋、满脸皱纹的小老头。他似乎也和他们一样惊讶。

"你是谁？"铁皮人举起斧头大声说道。

"我是奥兹，伟大而可怕的奥兹。"小老头用颤抖的声音回答，"请不要砍我，你们说什么，我就做什么。"

多萝西和她的朋友们沮丧地看着他。"你不是个伟大的魔法师？"多萝西喊道。

虚幻之境

伟大的魔法师奥兹说话的时候躲在屏风后面。当屏风倒下时，多萝西他们才意识到他的存在。

你能给朋友演一场皮影戏吗？把书翻到第122页，看看怎么做吧。

"别说这么大声，会被别人听到的。"奥兹恳求道，"人人都以为我是一个伟大的魔法师，但我只是个普通人。"

"这可太糟糕了，"铁皮人说，"那我怎么才能得到我的心呢？"

"求求你们不要说这些小事了，"奥兹说，"想想我的秘密被发现后会造成多大的麻烦吧。我骗了大家这么久。让你们进入正殿真是一个巨大的错误。"

"可我不明白，"多萝西说，"你出现在我面前时为什么会是一颗大脑袋呢？"

"跟我来，我把一切都告诉你们。"奥兹把他们领到正殿后面的一个小房间里。他指着一个用纸糊的大脑袋，上面还精心画着五官。"我把它挂在屋顶上，"奥兹说，"然后站在屏风后面，拉动这根线，它就会动。我会口技，所以我可以制造出任何我想要的声音效果。"

接着，奥兹给他们看了他假扮那位可爱女士时穿的衣服、戴的面具，还有他为那只可怕野兽缝制的皮囊，以及那个火球——实际上就是一个挂起来的、浸了油的棉花球。

"你真应该为自己的所作所为感到害臊。"稻草人说。

"的确，"小老头悲哀地回答，"可我也没有办法啊。我

知识园地

口技

奥兹学过口技，可以制造出他想要的声音效果。实际上，他并不能使他的声音听起来像来自另一个方向，但他让多萝西以为声音是从大脑袋里传出来的。

会口技的人说话时可以不动嘴，他们一般会操控一个木偶，通过移动木偶的嘴巴，让人以为是木偶在说话。当声音进入我们的耳朵里时，脑会收到信号。当这些信号与视觉线索结合在一起时，我们的脑就会被迷惑。我们将移动的嘴与声音联系起来，所以会以为声音是从嘴的那个方向传来的。

你好！

旋转

奥兹的热气球上升时需要暖空气,但它也需要冷空气才能下降。我们把这种空气运动称为"对流"。

把书翻到第124页,做一条会旋转的蛇,看看对流的作用吧。

给你们讲讲我的故事吧。"

"我出生在奥马哈,长大后,成了一名口技演员。但过了一段时间,我厌倦了,就去当了一名热气球驾驶员,在马戏团里表演以吸引观众。有一天,热气球的绳子缠在一起,导致我无法降落。热气球飞得很高,一股气流把它带到了很远很远的地方。我在空中飘了一天一夜,到了第二天早上,热气球降落在了一个陌生而美丽的国家。"

"这里的人看到我从云朵上下来,以为我是个伟大的魔法师。他们说,我让他们做什么都可以。为了好玩,我命令他们建造了这座城市和我的宫殿。"

"我把它称为'绿宝石城',让大家戴上绿眼镜,所以他们看到的一切都是绿色的。人们戴了那么久的眼镜,都认为这真的是一座绿宝石城。"

"我最害怕的是邪恶的女巫们。好在她

知识园地

气流

当太阳光照射地球表面时，有些地区的温度会高于其他地区。比如，赤道附近比两极地区热得多。

地球表面的空气受热后会上升，而冷空气会下降取而代之。这是因为暖空气的密度小于冷空气的密度。空气的上升和下降形成高压区和低压区。当暖空气上升时，地球表面形成低气压，但当冷空气下降时，地球表面形成高气压。我们把空气的这种运动称为"对流"。你有时会看到鸟儿在气流上滑行，奥兹的热气球正是被这些气流带走的。

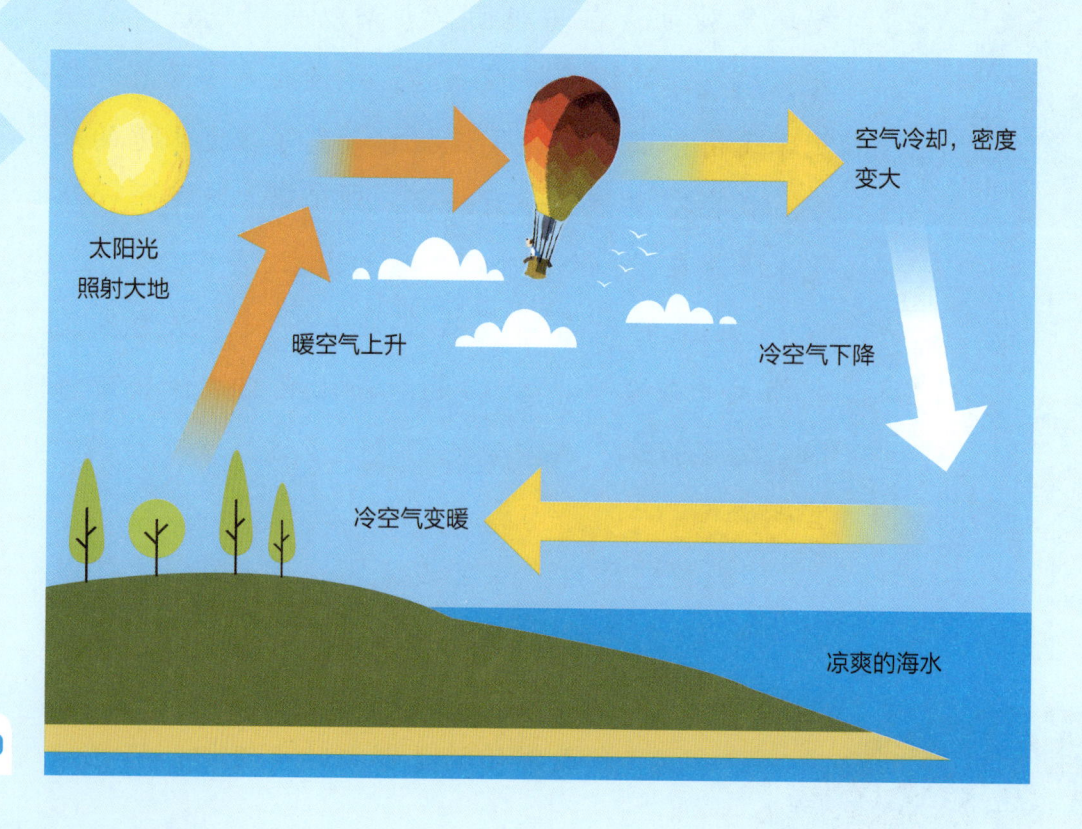

太阳光照射大地

暖空气上升

空气冷却，密度变大

冷空气下降

冷空气变暖

凉爽的海水

们以为我比他们厉害,要不早把我给消灭了。你们可以想象,当邪恶的东方女巫被杀死时,我有多么高兴。如果你们能杀死邪恶的西方女巫,我愿意为你们做任何事情。可现在你把她化掉了,我很惭愧地说,我无法履行我的承诺。"

"我觉得你真是个大坏蛋。"多萝西说。

"你不能给我脑了吗?"稻草人问。

"你不需要脑,"奥兹说,"你每天都在学习新的东西。经验是知识的唯一来源。不过,如果你明天来的话,我会给你的脑袋里塞满脑。可我不能告诉你如何使用脑,你得自己想办法。"

"可我的勇气怎么办呢?"狮子焦急地问。

"你已经有足够的勇气了，"奥兹回答，"你所需要的是信心。真正的勇气是在害怕的时候仍然敢于面对危险，你并不缺少这种勇气，但明天我可以给你更多的勇气。"

"那我的心呢？"铁皮人问。

"我认为你不应该要一颗心，"奥兹回答，"心使大多数人不快乐，但如果你明天想来，我就给你一颗心。"

"那我怎么回堪萨斯呢？"多萝西问。

"给我两三天的时间来解决这个问题。"他说，"这段时间，你们将作为我的客人受到款待，只要你们替我保守秘密。"

多萝西满怀希望地认为奥兹能把她送回堪萨斯，如果他做到了，她愿意原谅他。

第二天早上，稻草人去见奥兹，领取一些脑。"请原谅，我必须把你的头拿下来，"奥兹说，"这样才能把脑放在合适的地方。"他把头里的稻草倒出来，拿了一些糠，里面混了很多缝衣针和别针。他把这种混合物装进稻草人的头里，然后再把它固定好。

"好了，你将会成为一个很了不起的人。"他说，"我已经给了你很多崭新的脑。"稻草人真切地谢过奥兹，然后回到了朋友们身边。

接下来，轮到铁皮人去取他的心了。奥兹说："我必须在你的胸膛上剪一个洞，这样我才能把心放在合适的地方。我希望这样不会伤到你。"

"哦，我一点儿也感觉不到。"铁皮

人说。奥兹用铁匠专用的大剪刀剪了一个小洞，从柜子里拿出一颗漂亮的心，它是用丝绸做的，里面塞满了锯末。他把这颗心放进铁皮人的胸口，然后把洞重新焊接起来。"现在你有了一颗会让任何人都感到自豪的心。"铁皮人非常感激奥兹。

现在，轮到狮子去领取他的勇气了。奥兹伸手从一个高高的架子上拿了一个方形的绿瓶子，把里面的东西倒在一个绿色和金色的盘子里。他把盘子放在狮子面前，让他喝下去。

"这是什么？"狮子问。"它进入体内后，就会变成勇气，"奥兹回答，"所以我建议你尽快喝下去。"狮子一口气喝了个精光。

"感觉怎么样？"奥兹问。

"充满了勇气。"狮子回答。它开开心心地回到了朋友们中间。

奥兹想到自己用这种方法给了稻草人、铁皮人、狮子想要的东西，不禁露出了笑容。"我怎么能不骗人呢？"他说，"所有这些人都让我做一些大家明知道做不到的事情。让这几个人高兴很容易，因为他们认为我无所不能。但要把多萝西送回堪萨斯，需要的可不仅仅是想象力，我实在不知道怎么才能办到。"

创作皮影戏

伟大的魔法师奥兹说话的时候躲在屏风后面,所以骗过了多萝西和她的朋友们。你也创作一出皮影戏,给朋友们带去欢乐吧。

准备材料

- 空的麦片盒
- 铅笔和尺子
- 剪刀
- 胶带
- A4纸
- 黑色卡纸
- 雪糕棒
- 开口销
- 小台灯

1. 用胶带将麦片盒的盖子粘住,起到加固的作用。把A4纸放在盒子的一面上,比照着在盒子上画一个边框,边框要在纸的内侧,距离纸张边缘约3厘米。

2. 请大人帮你沿着边框剪下一个长方形,另一面也是如此。

3. 把A4纸粘在盒子的一面,挡住剪掉的部分,作为舞台的正面。

艺术

4 在黑色卡纸上画出表演所需的人物，并将它们剪下来。

5 在每个人物的背面粘上一根雪糕棒。你还可以用开口销制作活动的部分。在每个活动部分上都粘一根雪糕棒，这样你就可以移动它们了。

6 将做好的舞台放在一个黑暗的房间里。在舞台后面放一盏台灯，把人物移到屏幕后面，给你的观众演一场皮影戏吧。

原理

作为一种娱乐形式，皮影戏已经有几千年的历史了。当你把木偶放在灯和屏幕之间时，木偶会阻挡光线，在屏幕上投下阴影。你可以让木偶移动，给它们配音，上演一出真正的皮影戏。

动手做一做

做一条会旋转的蛇

暖空气驱使奥兹的热气球上升。当空气冷却时,气球才会下降。动手做一条会旋转的蛇,看看暖空气作为动力的其他例子吧。

准备材料

- A4纸
- 铅笔
- 彩笔
- 剪刀
- 线
- 散热器(或一碗热水)

1. 按照图中的模板,在A4纸上画出螺旋形状,作为蛇。

2. 用彩笔给蛇涂色,可以画上你喜欢的图案。

3. 沿着线剪开。

科学

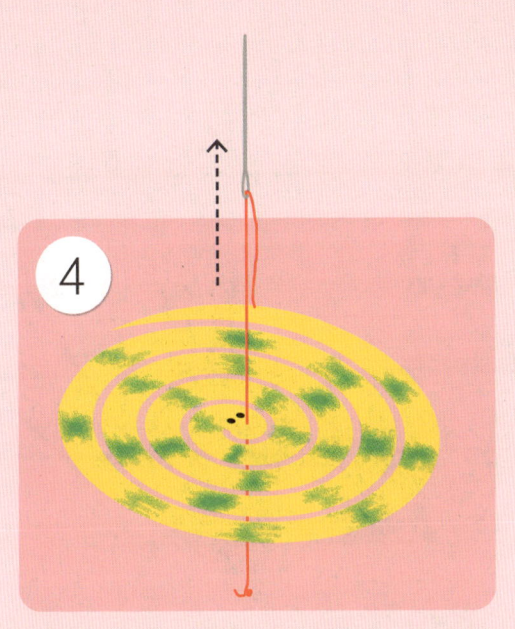

4 请大人帮你把一根线穿过蛇的头部，打个结固定。

5 拎着线把蛇拿起来，你会发现什么？

6 现在把蛇放在加热的散热器或一碗热水上面，你会发现什么？

原理

当空气被加热时，空气分子会移动得更快，分子之间的距离更远，所以暖空气会上升。相反，冷空气会下降，因为分子的运动速度减慢，而且分子更加紧密。散热器或热水等热源会使它上面的空气变暖。当暖空气上升时，蛇就会旋转起来。同时，冷空气下降，也会使蛇旋转起来。我们把这种空气运动称为"对流"。

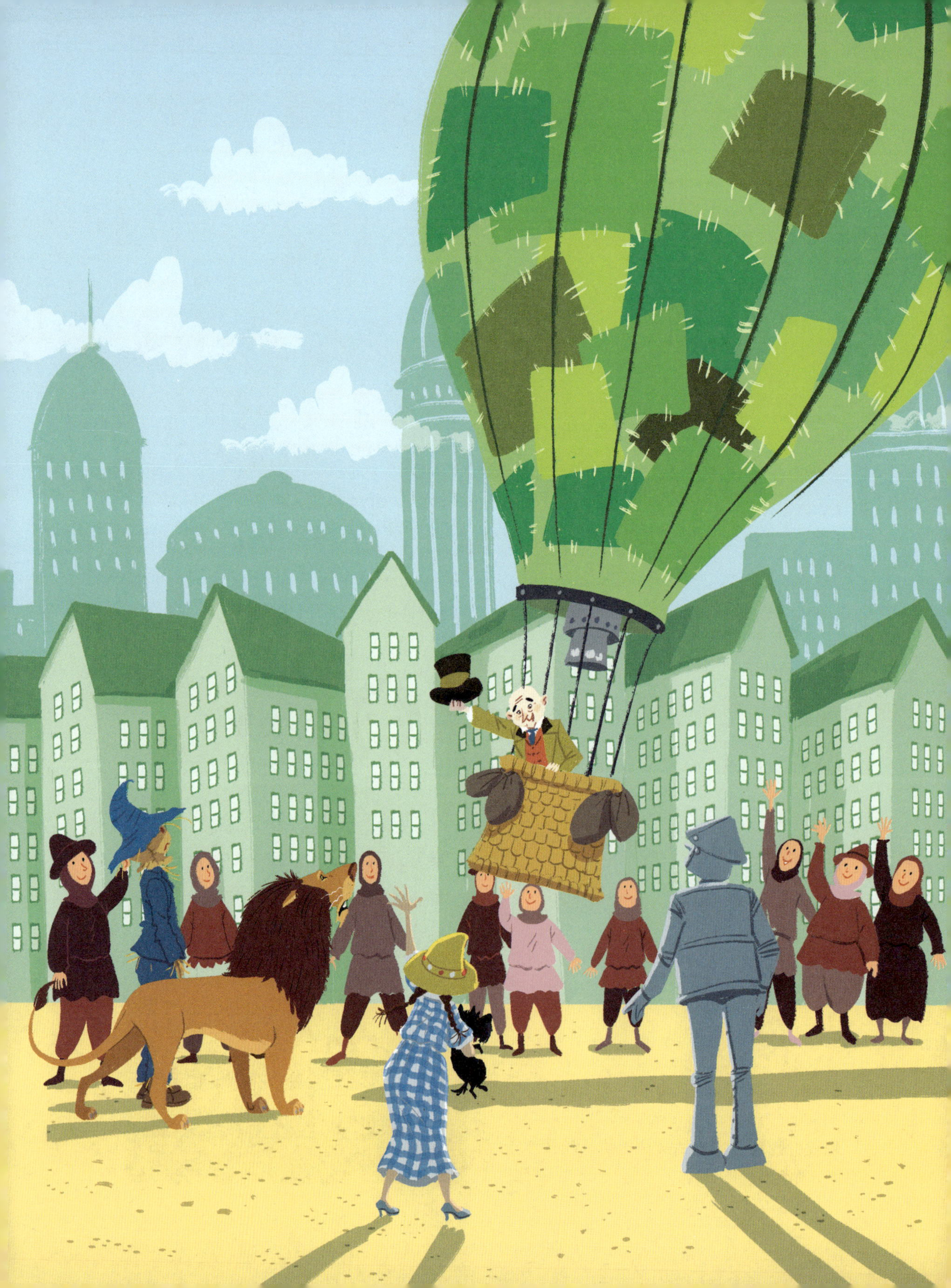

第九章　沙漠之旅

整整三天的时间，奥兹那里都没有传来任何消息。虽然多萝西的朋友们都很高兴，但她的心里却满是悲伤，因为她太想回堪萨斯了。令她非常高兴的是，第四天，奥兹终于派人来找她了。

"坐下吧，亲爱的。我想我已经找到让你回家的方法了。我是坐热气球来的，而你是被龙卷风吹来的。我想我可以用丝绸做一个气球，在外面涂上胶水，带你穿越沙漠。我们可以用热空气使它上升，不过要是空气变冷，气球就会落到沙漠里，我们就迷路了。"

"我们！"多萝西大叫道，"你要和我一起走吗？"

"当然啦，"奥兹回答，"我不想再当骗子了。我一直把自己关在王宫里，害怕人们发现我不是魔法师。我更愿意和你一起回堪萨斯，再次成为马戏团的一员。"

缝制气球花了三天时间，大功告成后，他们有了一个六米多长、丝绸材质的绿色大袋子。奥兹给它涂上胶水，防止漏气，并在底部安了一个大篮子。

奥兹放出话来，说他要去拜访一位住在云端的魔法师兄弟。这个消息很快就传开了，当气球在王宫前升起时，所有人都前来观看这美妙的景象。

铁皮人砍了一大堆木头生火，热空气聚集在丝绸袋子里。气球逐渐膨胀起来，升到空中，最后篮子也要离开地面了。

奥兹钻入篮子里，大声说："我不在的时候，由稻草人统治你们，我命令你们服从他。"这时，气球使劲拽着把它固定在地上的绳索。"来吧，多萝西！"奥兹喊道，"快点，要不气球就飞走了。"

"我找不到托托了。"多萝西说。托托跑进了人群中。多萝西总算找到了它，她把托托抱起来。这时，绳子突然断了，气球升到了空中，而她还没有上去。

"快回来！"多萝西大喊道，"我也要去。"

"我回不来了，亲爱的。"奥兹在篮子里说，"再见啦！"

"再见啦！"人们看着魔法师慢慢升向天空一同说道。这是人们最后一次看到奥兹。他们难过了许多天，并深情地怀念他。

多萝西的希望破灭了，她再也回不到堪萨斯了，于是伤心地哭了起来。她也为失去魔法师而感到难过。稻草人现在是绿宝石城的统治者，人们都以他为荣。

飘然远去

多萝西和魔法师把一块块丝绸缝在一起，并涂上胶水，做好了一个气球。他们总共花了3天的时间。

你能用一个购物袋做一个简单的热气球吗？把书翻到第138页，看看怎么做吧。

空气密度

空气的密度随着温度的变化而变化。当空气被加热时，分子移动得更快，分子之间的距离更远，空气密度因此变得更小。当空气冷却时，分子移动得更慢，分子之间的距离更近，空气密度因此变得更大。

暖空气上升，是因为它比周围的冷空气要轻。空气密度还受压力的影响。当你给自行车轮胎打气时，更多的空气进入轮胎，空气密度增大。离地球表面越远，气压就越低。有的登山者在登山时会携带氧气瓶，因为山顶的空气密度较小，氧气也较少。

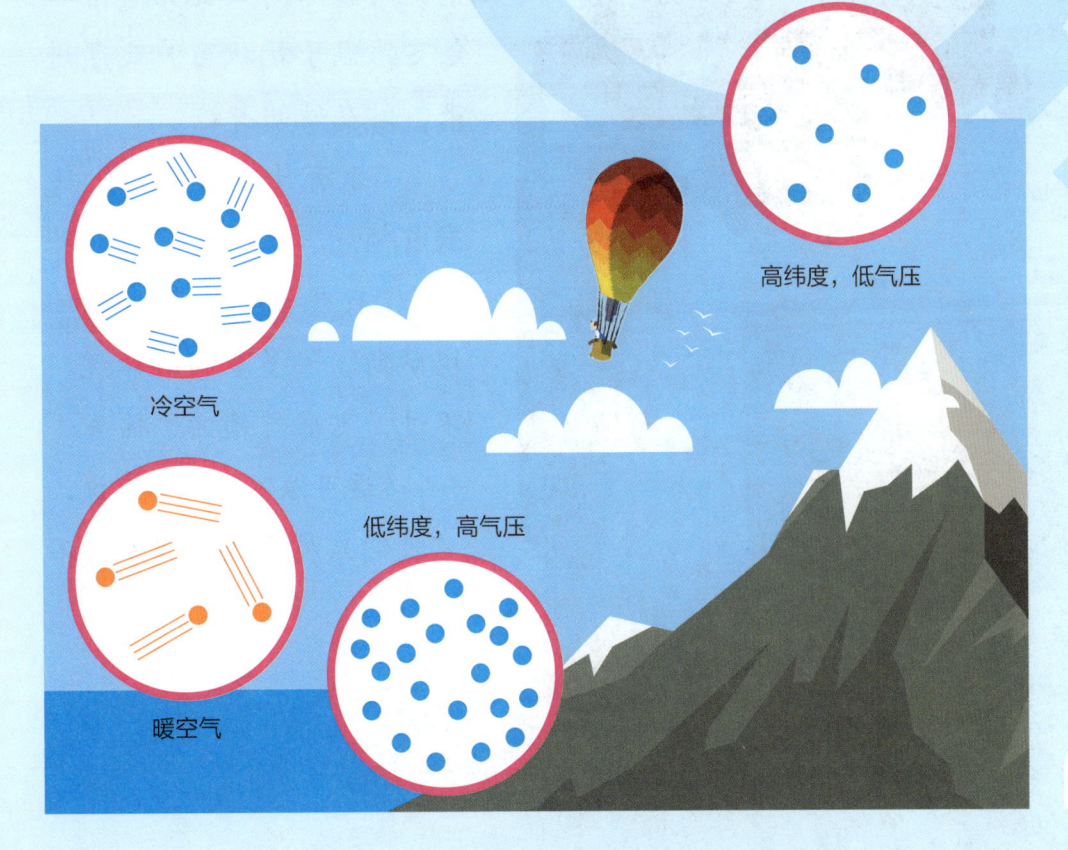

冷空气

暖空气

低纬度，高气压

高纬度，低气压

第二天早上,多萝西和她的朋友们来到正殿。"如果多萝西愿意在绿宝石城生活,我们就可以快快乐乐地生活在一起。"

"可我不想住在这里,"多萝西大声说道,"我想和艾姆婶婶、亨利叔叔生活在一起。"

"为什么不召唤会飞的猴子,让它们带你越过沙漠?"稻草人建议道。

"我倒是没有想到这一点!"多萝西高兴地说。她把金帽子取来,刚念完那段神奇的咒语,那群会飞的猴子就从窗户飞了进来,站在她的身边。

"你有什么吩咐?"飞猴首领说。

"我想让你们带我飞回堪萨斯。"多萝西解释说。不过,飞猴首领摇了摇头。

"这可做不到,"它说,"我们只属于这个国家,不能离开这里。再见了。"猴子们张开翅膀飞走了。

"我白白浪费了一次机会!"多萝西说。

"让我们问问那个士兵吧。"稻草人建议说。他们向士兵解释了当前的困境。

"没有人能穿过那片沙漠,"士兵说,"但格林达也许能帮助你。她是善良的南方女巫,是所有女巫中最厉害的。她统治着考德林人。此外,她的城堡就在沙漠边上,所以她可能知道穿越沙漠的方法。"

"我怎么去她的城堡呢?"多萝西问。

"有一条路直通南方,"他回答,"但据说这条路上充满了危险。正是因为这个,才没有哪个考德林人来过绿宝石城。"说完,士兵便离开了。

"看来多萝西必须向格林达寻求帮助,"稻草人说,"如果她待在这里,她就永远也回不了堪萨斯。"他们一致同意第二天早上陪她上路。

当他们向守门人告别时,守门人对稻草人说:"你现在是我们的统治者了,所以请你尽

快回到我们身边。"

"一定会的，"稻草人回答，"可我必须先帮多萝西完成回家的愿望。"

阳光十分耀眼，多萝西和她的朋友们踏上了南方之旅。狮子说："城里的生活一点儿也不适合我。进城以来，我已经掉了很多肉了。现在，我就想让其他野兽看看我有多么勇敢。"

"奥兹作为魔法师也不算太坏。"铁皮人说，他觉得自己的心正在胸口怦怦直跳。"他还知道怎么给我装脑，而且是非常好的脑。"稻草人补充说。狮子说："如果奥兹喝了他给我的那种神奇药水，他就会成为一个勇敢的人。"多萝西什么也没说。奥兹没有遵守他的承诺，但他已经尽力了，所以她原谅了他。

他们穿过绿宝石城周围的艳丽花丛，晚上在草地上过夜。第二天早上，他们来到了一片茂密的树林。因为林子太大，没有办法绕过去，所以他们开始寻找一条能进去的路。

稻草人发现一棵大树，树枝伸展得很宽，他们可以从下面的空隙中钻过去。但就在稻草人往前走的时候，树枝弯了下来，缠住了他，把他举起来，又甩了下去。稻草人虽然没有受伤，但多萝西把他扶起来时，他很是吃惊，一脸疑惑。

"这两棵树之间也有空隙。"狮子说。

"让我先试试，"稻草人说，"反正我被抛来抛去，也不会受伤。"树枝立刻抓住他，把他扔了回来。

"我们该怎么办呢？"多萝西大声说。

"我想可以让我试试，"铁皮人说。他扛起斧头，走到第一棵树前。当一根大树枝想要抓住他时，他猛地一砍，把它砍成了两段。

刹那间，大树的所有树枝都摇晃起来，仿佛很疼的样子。铁皮人安全地走了过去。

"来吧！"他对朋友们喊道，"快点！"他们都从树下跑了过去。值得庆幸的是，其他树并没有阻挡他们。他们轻松地穿过树林，来到了另一边，惊讶地发现那里有一堵白瓷砌成的高墙。墙面像盘子表面一样光滑，而且墙的高度比他们高出很多。

"我们现在该怎么办？"多萝西问。

"我来做个梯子。"铁皮人说。

稻草人先爬上梯子，多萝西跟在他后面。当稻草人爬到墙顶时，他惊叹道："哦，我的天哪！"多萝西也跟着上来了。

知识园地

高岭土

高岭土，又称"瓷土"，是一种白色细腻的黏土，埋藏于地下。一万多年前，中国人发现了这种土，并用其来制造白瓷。最早发现并开采这种土的地方是中国江西省景德镇的高岭村，它的名字便源于此。

高岭土与水混合后，可以被塑造成不同的形状。加热干燥时，水从混合物中蒸发，混合物从一种柔软可塑的状态变得如岩石般坚硬。高岭土洁白细腻，是制造餐具的上好材料。不过，高岭土也可用于制造其他产品，如光面纸、水泥、砖、油漆和牙膏。

高岭土

磨成粉状

加水

制成餐具

塑造形状

如果你来到一个完全由瓷打造的国家,你一定会觉得很奇怪。那里的所有东西都是以某种特定的方式制造出来的。

试着动手做一个陶罐。把书翻到第140页,看看有哪些有用的技巧吧。

"哦,我的天哪!"她发出了和稻草人一样的惊叹。他们所有人并排坐在墙头,向下望去,看到了一幕奇怪的景象。

眼前是一片广阔的土地,地面洁白光滑,四周散落着的很多房屋都是由瓷砖砌成的,涂着鲜艳的颜色。最大的房子只到多萝西的腰部。此外,还有一些漂亮的谷仓、栅栏、动物,一切都是瓷做的。不过,最奇怪的是那里的人,他们也是瓷做的,身高不超过多萝西的膝盖。

"我们怎么下去呢?"多萝西问。

梯子太沉了,他们拉不上去。于是,稻草人先从墙上跳下来,其他人一个一个跳到他的身上,这样可以起到缓冲的作用。等他们都下来以后,他们在稻草人身上拍拍打打,让他恢复原来的形状。

"我们必须穿过这片奇怪的土地,"多萝西说,"因为除了正南方向,我们走其他路都是不明智的。"

动手做一做

制作热气球

多萝西和魔法师花了3天时间来制作热气球。看看你能不能动手做一个热气球，让它升上天空。

准备材料
- 塑料袋
- 小塑料杯
- 绳子
- 小玩偶
- 吹风机

1 给塑料袋的手柄打个结，留出一个小孔，差不多和吹风机的口一样大。

2 请大人帮你把绳子系在塑料杯上，作为乘坐的篮子。

3 将塑料杯绑在塑料袋的手柄上。

科学

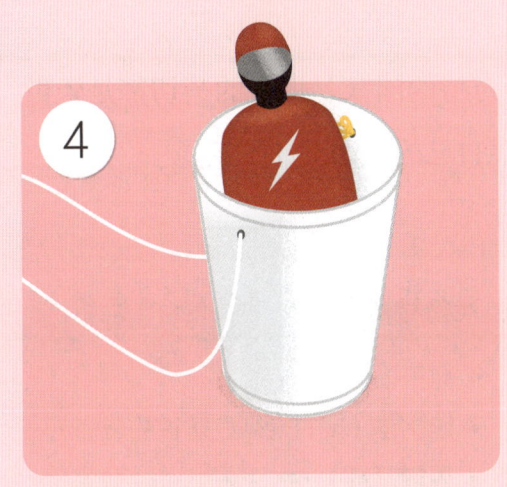

④ 把你的玩偶放进塑料杯里，一切准备就绪。

⑤ 请大人帮你把吹风机的口伸到塑料袋里，吹入一点暖空气。

⑥ 当塑料袋充满气后，放手让它离开，不过吹风机还要多吹几秒钟。看看你的热气球能飞多远？

原理

当塑料袋充满气后，塑料袋就会向上升，这是因为袋子里的空气已经被吹风机加热了。暖空气的密度比周围冷空气的密度小，所以你的热气球会上升。吹风机吹出的风也会给热气球一定的动力。

059

动手做一做

制作陶罐

多萝西和她的朋友们来到了一个奇特的国家,那里的一切都是瓷做的。你可以自己动手做个陶罐,并按照自己的想法设计图案。

准备材料

- 风干黏土
- 防水垫(或其他做好防护的表面)
- 丙烯颜料
- 胶水

1 将黏土揉成手掌大小的球。

2 把黏土放在防水垫上,用两根大拇指在中间按出一个凹槽。

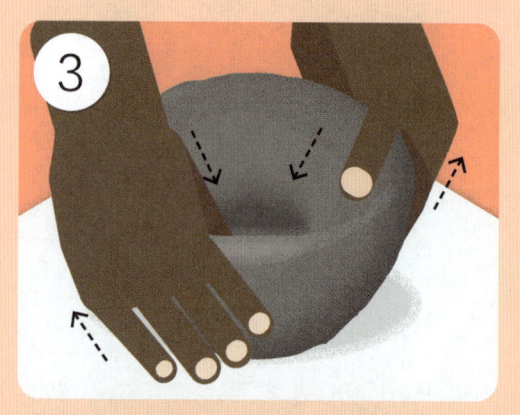

3 拇指往下按的时候,其他手指不断地把外侧往上拉,使黏土成罐状。用手指把边按平。

艺术

4 让陶罐风干一两天（这种类型的黏土更适合自然风干，自然风干比使用其他方法加热烘干要好）。

5 陶罐干燥后，便可以为陶罐上色了，画上你喜欢的图案。你可能需要涂两层颜料。

6 干了以后，你就可以用这个陶罐装各种各样的东西啦！

原理

用黏土制作陶器和瓷器已经有几千年的历史了。黏土埋藏在地下，通常位于溪流或河流曾经经过的地方。黏土是一种有用的材料，因为它可以在湿润的情况下成型，而在自然风干（或在窑中烤制）时，会变得坚硬如石。

061

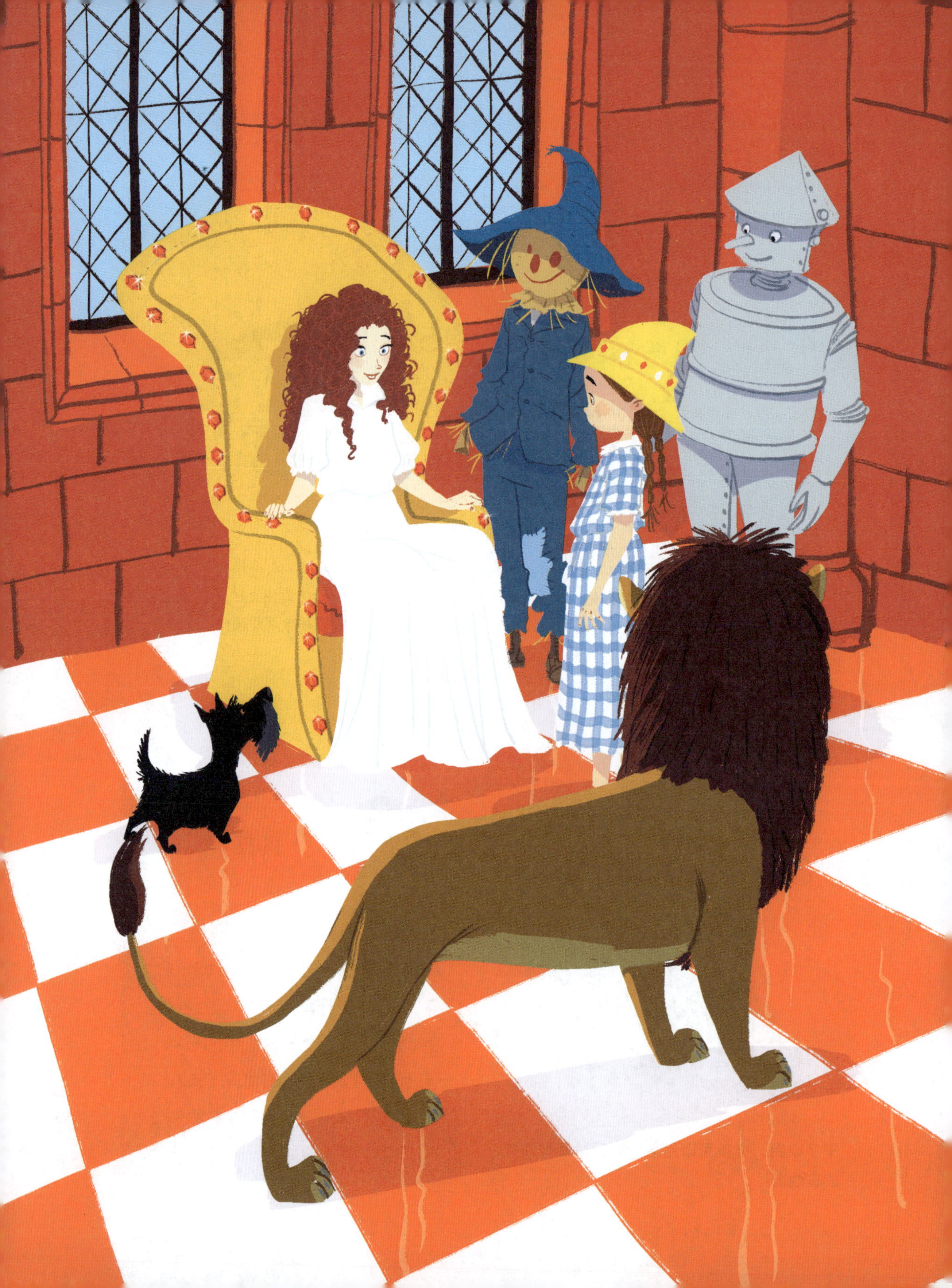

第十章　格林达满足了多萝西的愿望

他们穿过白瓷国的时候，必须十分小心，万一撞到别人，可就糟糕了。他们花了一个多小时才走到另一边。这边的墙比较矮，他们站在狮子背上就可以爬到墙顶。最后，狮子纵身一跃，跳了过去。可是，它的尾巴扫到了一座瓷教堂，瓷教堂顿时变得粉碎。

"真是太糟糕了，"多萝西说，"不过，我想我们还是幸运的，没有造成更多的伤害。"

墙的另一边是一片沼泽地，接着他们来到了一片森林前。他们从来没有见过这么高大、这么古老的树。"这片林子真让人高兴，"狮子欣喜地环顾四周，"我真想在这里生活一辈子。"

他们一直走到天黑，不能再走了，才停下来过夜。第二天早上，没走多远，他们就听到了一阵低沉的咆哮声。他们来到一片空地上，那里聚集了几百只野兽，有老虎、大象、熊、狼，等等。多萝西一时间有些害怕。

当野兽们看到狮子时，它们立刻安静了下来。一只老虎走上前来说："欢迎你，百兽之王！你来得正是时候，去和我们的敌人作战吧。"

"你们遇到了什么麻烦？"狮子平静地问。

"有一只庞然大物威胁着我们大家，"老虎回答，"它长得像一只大蜘蛛，身子有大象那么大。它长了八条长腿，抓到动物直接拖到嘴里，就像蜘蛛吃掉苍蝇一样。我们大家都觉得自身难保。"

"如果我帮助你们消灭敌人，你们会听从我，称我为森林之王吗？"

"非常乐意。"老虎回答。其他野兽也异口同声地说："我们愿意。"

"照顾好我的朋友们，"狮子说，"我现在就去。"

没过多久，狮子就回来了。它骄傲地说："你们不必再害怕你们的敌人了。"狮子答应野兽们，等多萝西安全回家，它就回来统治它们。

他们走出阴暗的森林，发现前面赫然耸立着一座陡峭的山峰，上面到处都是巨大的岩石。他们还没爬上第一块岩石，就听到一个粗犷的声音喊道："退回去！"

"你是谁？"稻草人问。岩石上探出一个脑袋，并发出声音："这座山是我们的，我们不许任何人过去。"

蜘蛛丝的强度

蜘蛛用一种具有黏性的丝织成网来捕捉猎物。它们还通过牵引丝从一个地方移动到另一个地方。蜘蛛丝的强度足以承受蜘蛛的重量。在所有蜘蛛中，金丝蛛吐的丝最为强韧。

蜘蛛牵引丝的粗细是人类头发的1/1000，但比相同厚度的钢强韧5倍左右。它还可以被拉长几倍。

在古代，人们用蜘蛛丝包扎伤口、制作鱼线或渔网。虽然人工养殖大量蜘蛛很难（蜘蛛往往会吃掉同类），但科学家正在研究如何制造可用于建筑和医疗的人造蜘蛛丝。

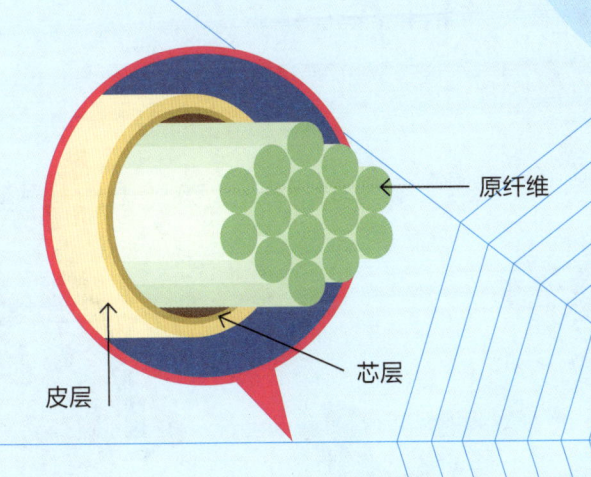

原纤维

芯层

皮层

"可我们要到考德林人那里去。"稻草人说。

"你们过不去。"那个声音回答。接着走出来一个他们从来没有见过的最最古怪的人。

这个人个子矮矮的,很敦实。他的头很大,头顶是平的,由

布满皱纹的粗脖子支撑着。他根本没有胳膊,所以稻草人觉得这个人阻止不了他们,于是大胆地向前走去。

突然间,那个人的头闪电般地从脖子里弹了出来。他的脖子不断伸长,直到头顶击中稻草人,把他撞倒在地。那个人大笑起来。

其他岩石后面传来一片喧闹的笑声,多萝西看到山坡上每块岩石后面都有这种没长胳膊的榔头人,加起来,得有几百个。狮子很生气,冲上山去,发出一声吼叫。不过,还是一样,一颗头快速弹出,将它击倒。

知识园地

数字"三"

"三"是一个很神奇的数字。你有没有听过"事不过三""三个臭皮匠,赛过诸葛亮""三生三世"这些话?

在我们身边,随处可见数字"三"的影子。物理学中有三种电荷(正电荷、负电荷和中性电荷);原子中有三种粒子(质子、中子和电子);物质有三种状态(固体、液体和气体);我们看到的东西是三维的(长、宽、高);我们把时间分为过去、现在和未来。

四边形很容易变形,但三角形却很稳定(参见第156页)。自然界中很多东西的形状是三角形,如高山、鲨鱼鳍、三叶草。环顾四周,你会惊奇地发现,很多东西都离不开数字"三"!

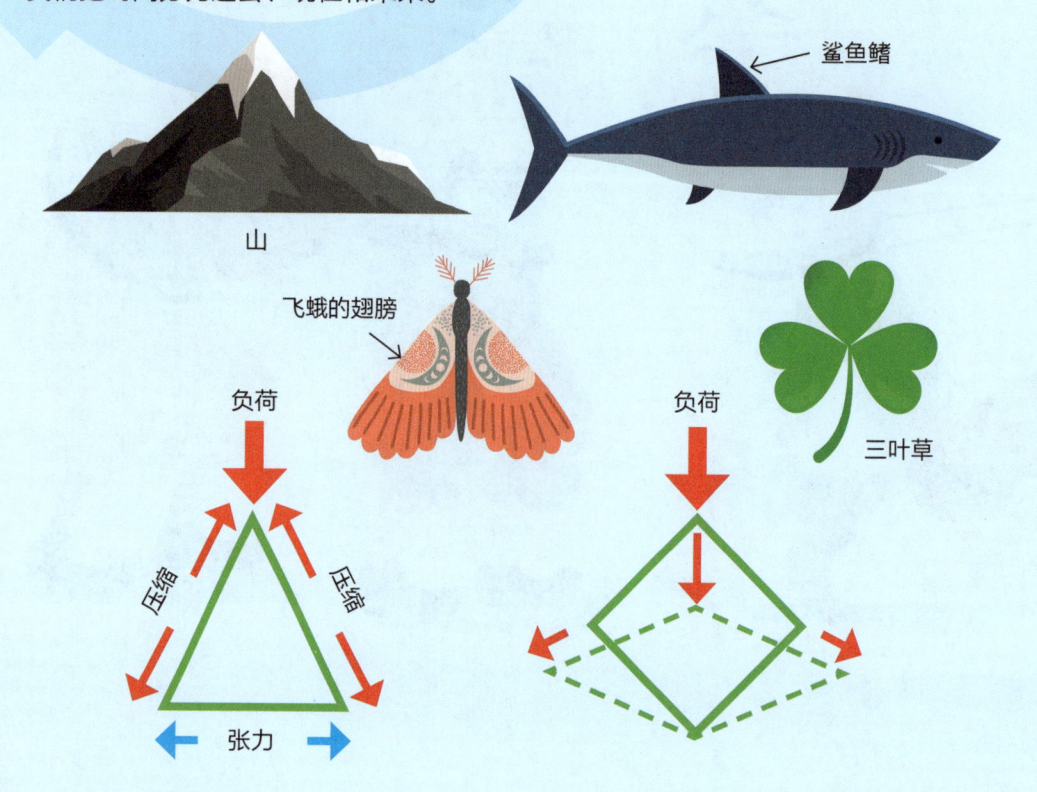

山

鲨鱼鳍

飞蛾的翅膀

三叶草

负荷
压缩
压缩
张力

负荷

"我们怎么办呢？"多萝西问。

"把会飞的猴子叫来，"铁皮人说，"你还有一次命令它们的机会。"

多萝西戴上金帽子，念了那段神奇的咒语。"你有什么吩咐？"飞猴首领问。

"把我们带到考德林人那里。"多萝西说。它们立刻行动起来，带着他们很快就来到了一个美丽的国家。

"这是你最后一次给我们下命令了，"飞猴首领说，"再见，祝你好运。"说着，猴子们飞出了他们的视线。

考德林人的土地上有大片的庄稼，有铺好的道路，有潺潺的小溪。栅栏和房屋都是红色的，考德林人也穿着红色的衣服。他们心地善良，长得矮胖、矮胖的。

没过多久，他们就来到了一座美丽的城堡前，有三个穿红衣服的女孩守卫着城堡。一个女孩前去通知格林达。格林达让他们立刻进去。

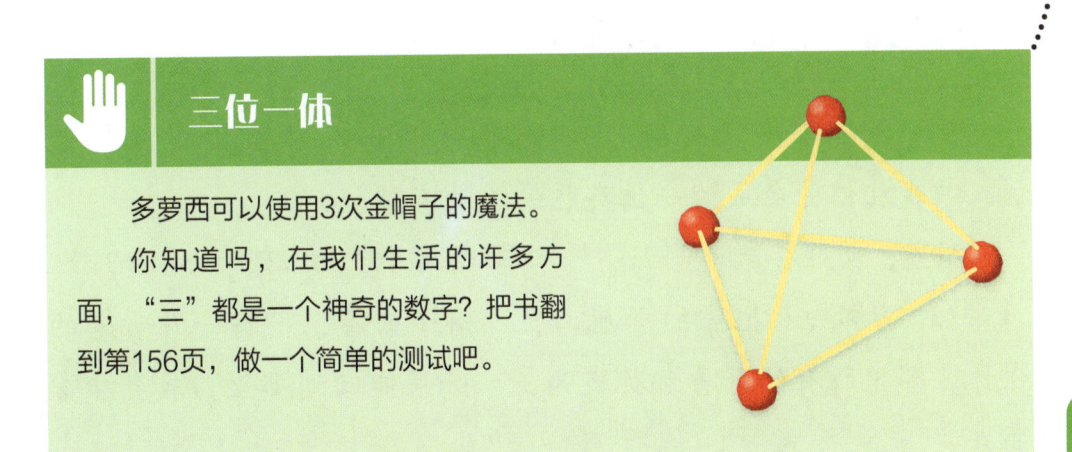

三位一体

多萝西可以使用3次金帽子的魔法。

你知道吗，在我们生活的许多方面，"三"都是一个神奇的数字？把书翻到第156页，做一个简单的测试吧。

格琳达坐在红宝石宝座上。她年轻漂亮，长着一头红色的浓密卷发。她穿着白色的衣服，眼睛是蓝色的。"我能为你做些什么呢，我的孩子？"她亲切地问。

多萝西向女巫讲述了她的故事：龙卷风如何把她带到了奥兹国，还有他们所经历的奇妙冒险。

"我现在最大的愿望，"多萝西说，"就是回到堪萨斯。艾姆婶婶肯定在为我担心呢。"

格琳达亲了亲多萝西。"祝福你可贵的心灵，"她说，"我肯定可以帮助你，但你必须把金帽子给我。"

"没问题！"多萝西大声说，"它现在对我已经没用了。"

女巫问稻草人："多萝西离开后，你会做什么？""我会回到绿宝石城，"他回答，"奥兹已经让我成为它的统治者了。不过，我不知道怎么才能避开那些榔头人。"

"我会召唤会飞的猴子把你带过去，"格林达说，"让人民失去这么好的统治者是非常遗憾的。"

女巫转向铁皮人问："多萝西离开后，你有什么打算？"

"温基人心地善良，他们希望我能够统治他们，"他回答，"我必须回到西方之国。"

"我会命令会飞的猴子把你带到温基人那里，"格林达说，"我相信你会成为一位英明的统治者。"

接着，女巫看着狮子问道："多萝西离开后，你有什么打算？"

"过了榔头人把守的那座山，"狮子回答，"有一片古老的森林，那里所有的野兽都称我为王。如果能回到那里，我会非常高兴。"

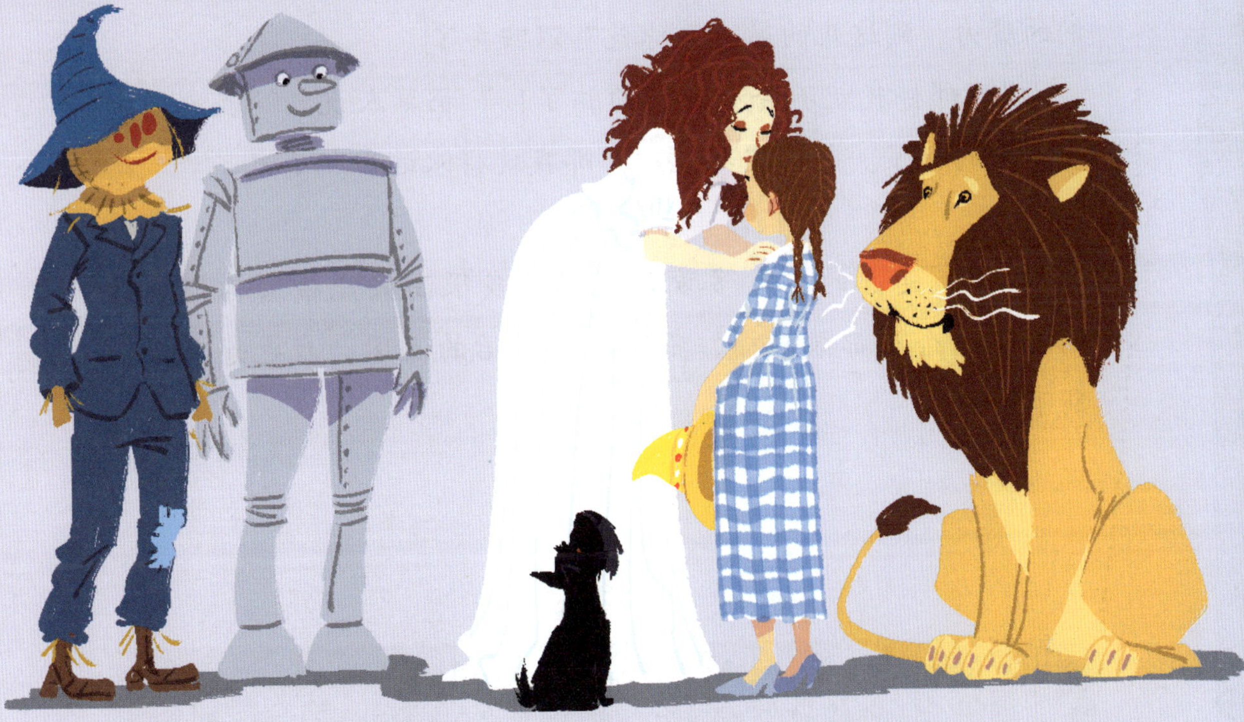

"我会命令会飞的猴子把你带到那里,"格林达说,"用完金帽子的魔法后,我会把它交给飞猴首领,从此以后它们就自由了。"

稻草人、铁皮人和狮子十分感谢善良女巫的好意。"你真是又漂亮又心善!"多萝西激动地说,"可我怎么才能回到堪萨斯呢?"

"你的银鞋子会把你送回去,"格林达说,"如果你知道它们的魔力,到这儿的第一天你就可以回去了。"

"可那样我就不会有聪明的脑了!"稻草人说。"我也不会有可爱的心了。"铁皮人说。"那我就得永远当胆小鬼了。"狮子说。

"这倒是真的,"多萝西说,"我很高兴能帮助你们。你们现在每个人都很幸福,都有需要统治的王国,我也想回堪萨斯了。"

有力的翅膀

会飞的猴子用它们那有力的翅膀把多萝西的朋友们带回了他们的王国。

你能做一只拥有翅膀的猴子吗?把书翻到第158页,看看怎么做吧。

"只要把两个鞋跟碰三下,然后命令它带你去你想去的地方就可以了。"格林达解释说。

多萝西抱着狮子的脖子亲了亲,然后又亲了亲铁皮人,抱了抱稻草人柔软的身体。她发现自己也在哭呢。

多萝西谢过格林达,最后说了一声"再见"。她把鞋跟碰了三下,说道:"带我回艾姆婶婶家!"

顷刻之间,她在空中旋转起来。银鞋子迈出三步就停了下来。因为停得太突然,多萝西在草地上打了个滚。"天啊!"多萝西坐起来大声说道。

她正坐在宽阔的堪萨斯大草原上,就在亨利叔叔新造的农舍前。这时候多萝西才意识到,她在空中飞行的时候,银鞋子掉了,永远遗失在沙漠中了。

艾姆婶婶从屋里出来时,看到多萝西向她跑来。"我亲爱的孩子,"她一边喊一边将小女孩搂在怀里,"你这是从哪儿来的呀?"

"从奥兹国,"多萝西严肃地说,"托托也在呢。哦,艾姆婶婶,我真高兴,我终于回家了!"

(完)

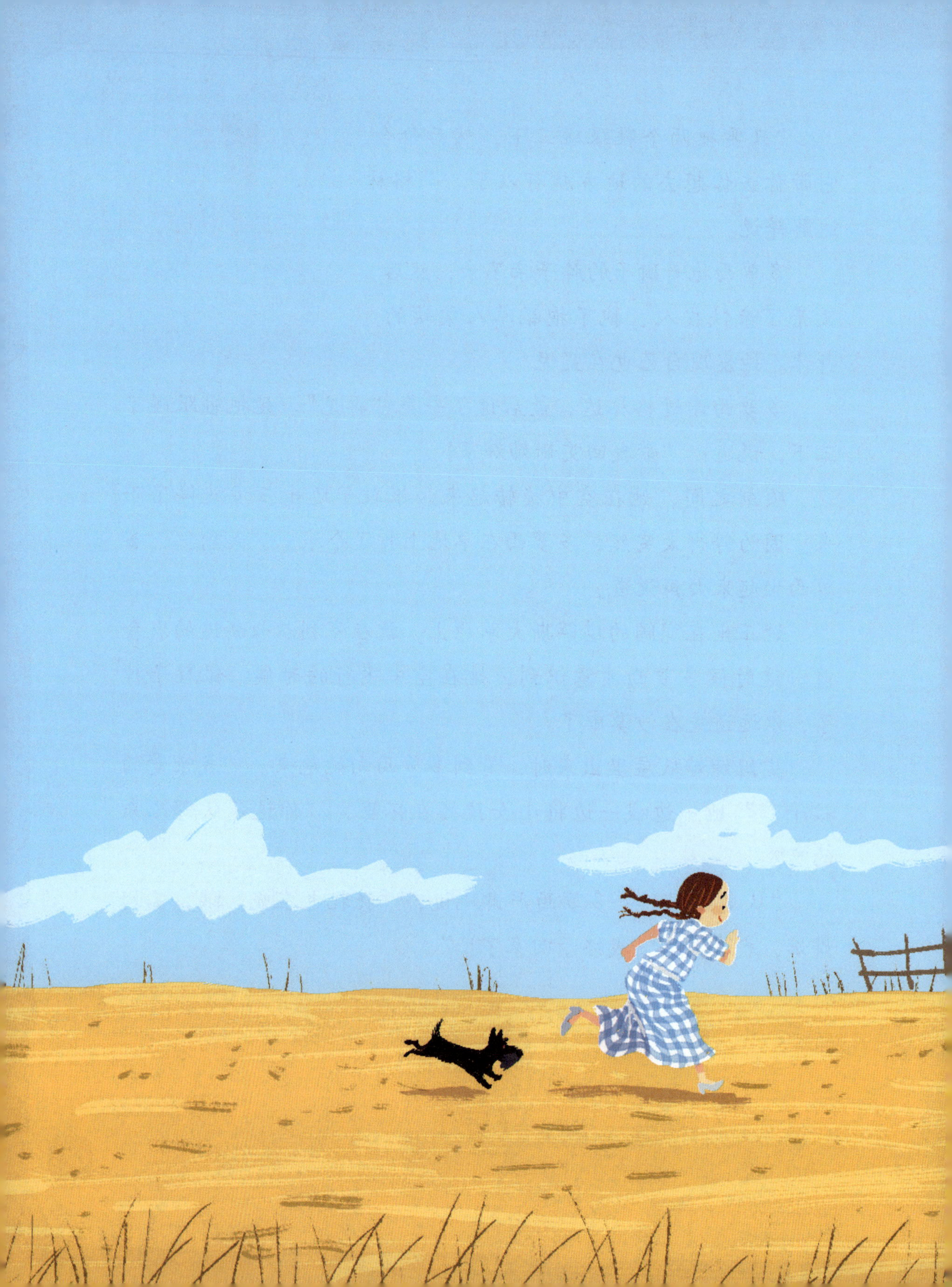

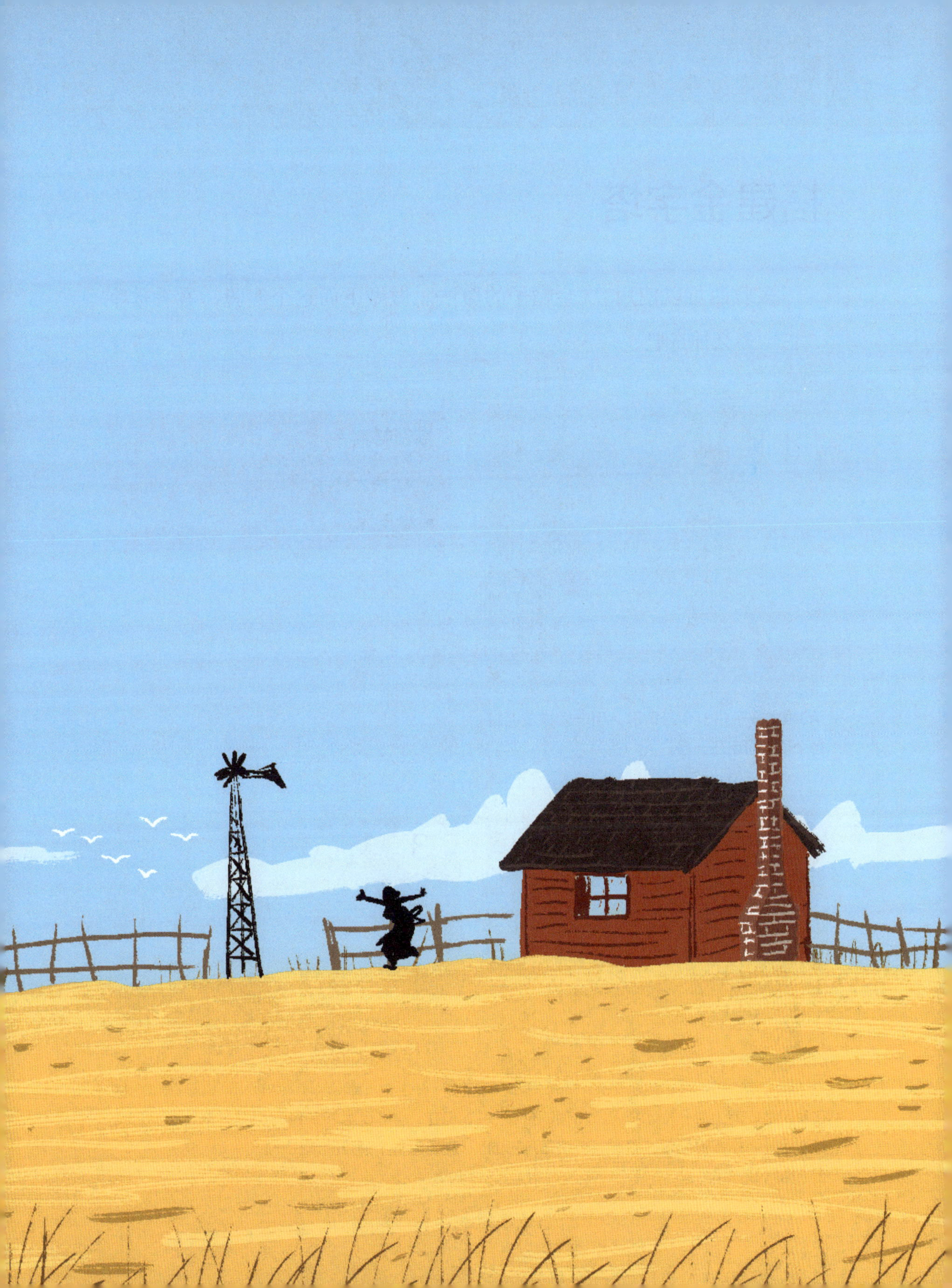

动手做一做

搭建金字塔

多萝西可以使用3次金帽子的魔法。做做下面这个实验,看看数字"三"多么神奇吧。

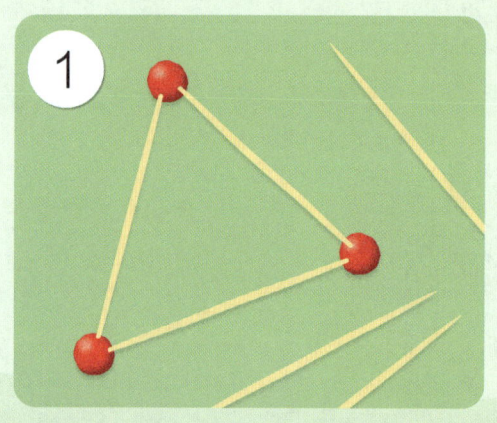

准备材料
- 14根木扦子
- 橡皮泥

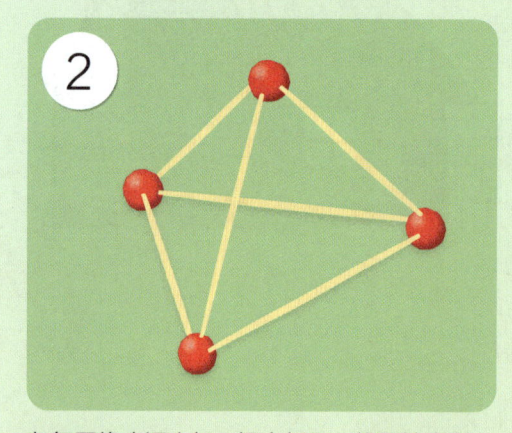

1 用3根木扦子拼一个三角形,用一团橡皮泥将各个顶点固定在一起。

2 在每团橡皮泥上加一根木扦子,将顶端合在一起,用一团橡皮泥固定。这时,一个三角形的金字塔就做好了。

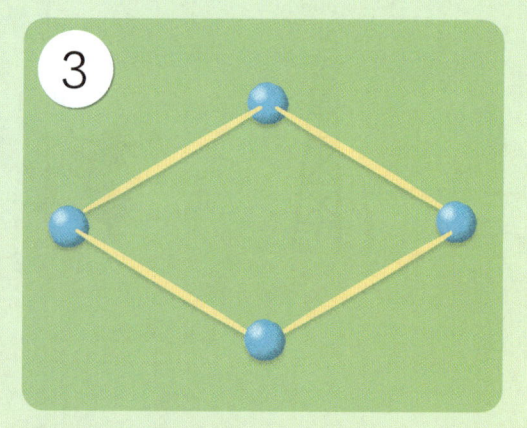

3 现在,用4根木扦子拼一个正方形,用一团橡皮泥将各个顶点固定在一起。

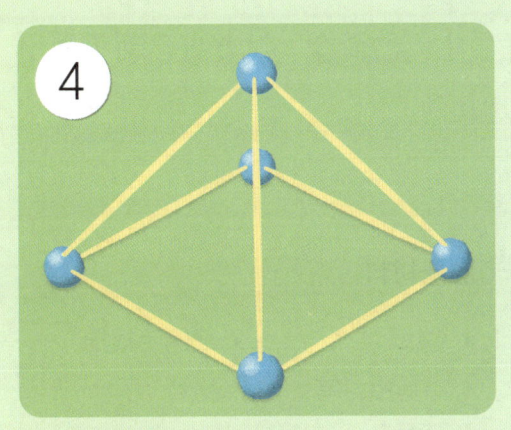

数学

4 在每团橡皮泥上加入一根木扦子，将顶端合在一起，用一团橡皮泥固定住。这时，一个以正方形为基础的金字塔就做好了。

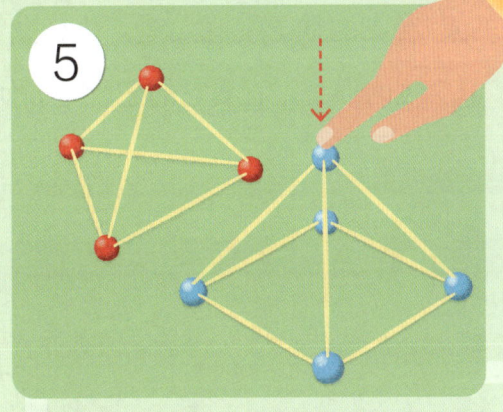

5 轻轻按压两个金字塔。看看哪个更结实一些？你认为原因是什么？

6 想一想，身边有哪些建筑使用了正方形和三角形。你认为使用它们的原因是什么？

原理

三角形是一种非常坚固的形状。正方形水平和垂直的边虽然很有用，但很容易变形。三角形很稳定，只要边长不变，三角形的形状就不会改变。你可以把一个正方形变成两个三角形，只要加一条对角线就可以了，这种形状在建筑中非常有用。

077

动手做一做

制作会飞的猴子

会飞的猴子飞遍大地，执行金帽子主人的命令。试着自己动手做一只会飞的猴子，看看它的翅膀是如何扇动的。

1

按照图中的模板，在纸上画出大猴子的轮廓。

准备材料

- A4纸
- 铅笔和彩笔
- 剪刀
- 胶带
- 细的毛根扭扭棒
- 纸吸管

2

把猴子剪下来，涂上颜色。

3

请大人帮你在猴子的中间剪一个小口。

工程

④ 将毛根扭扭棒从后面轻轻穿过小口，穿出前面的部分稍稍弯曲，用胶带固定。

⑤ 如图所示，将吸管沿纵向剪开，剪到大约一半的位置。将吸管穿在毛根扭扭棒上，用胶带把剪开部分的吸管分别粘在两侧的翅膀上。

⑥ 现在，你可以上下移动吸管，猴子的翅膀就会随之扇动起来啦！

原理

当你把吸管粘在猴子的翅膀上时，吸管的作用就像铰链一样。把吸管往上拉，猴子的翅膀就会抬起来，把吸管往下推，猴子的翅膀又会放下去。毛根扭扭棒相当于一个手柄，主要起支撑作用。